Alex Gfeller, 1 Die Schulreise

Verlag:

BoD · Books on Demand GmbH, Überseering 33,

22297 Hamburg, bod@bod.de

Druck:

Libri Plureos GmbH, Friedensallee 273,

22763 Hamburg

ISBN: **978-3-7693-7638-8**

Alex Gfeller

1 Die Schulreise

Die Meise

Ständig wendet sich die Meise im Gehen unwirsch um, hält manchmal kurz und ungehalten inne und blickt verärgert zurück. Man sieht ihr die tiefe Beunruhigung und Besorgnis deutlich an, denn die Würmer folgen ihr betont gemächlich und demonstrativ gelassen. Sie halten dabei immer fein säuberlich diese obligaten zehn Meter Abstand zu ihr ein, in einem lockeren Gewürmknäuel halb auf dem Gehsteig, halb auf der Straße dahinschlurfend, also vermeintlich acht- und sorglos und für Außenstehende wie absichtslos und, vor allem, scheinbar inoffensiv. In Wahrheit aber handelt es sich hierbei um einen sehr bedrohlichen Pulk, um ein überaus angriffiges Rudel, um eine besonders für Unbeteiligte und Unbedachte ausnehmend feindselige Horde. Man merkt deshalb sofort, dass es der Meise alles andere als wohl ist, denn sie sieht aus, als befände sie sich auf dem Weg zu ihrer eigenen Hinrichtung, und ein aufmerksamer, vielleicht sogar eingeweihter Beobachter erkennt auf den ersten Blick, dass der überaus zänkische Wurmausschuss und die bestimmt friedfertige Meise zwei geradezu entgegengesetzte Elemente

ein- und derselben hoffnungslosen Unternehmung sind, zwei unvereinbare Gegensätze,
die gerade deshalb nichts miteinander zu tun
haben wollen, vor allem aber überhaupt nicht
zusammenpassen und schon gar nicht miteinander übereinstimmen können.

Das ist völlig richtig beurteilt, denn sie
haben tatsächlich nichts miteinander gemein,
die Meise und die Würmer; man versteht sofort, dass das deutlich ameisoide Gewürm gar
nicht zu dieser hoffnungslosen Unternehmung passt, noch jemals dazugehören möchte, obwohl es sehr wohl dazugehört; das ist
überhaupt erst die Ausgangslage dieses wahrhaft dramatischen Dilemmas, von dem wir
jetzt in aller Ausführlichkeit erfahren werden.
Doch wo sollte ein solch widerlicher Wurmausschuss überhaupt jemals hinzugehören
können, ausgerechnet er, der in seiner kümmerlichen Wurmhaftigkeit aus Prinzip alles
ablehnt, was wie eine An- und Zugehörigkeit
ausschaut oder auch nur von weitem nach
einer bindenden Mitgliedschaft riecht, und wo
sollte er, der Widerwärtige, der Überflüssige,
der Unerwünschte, der Ungebetene und all-

seits Abgelehnte, überhaupt jemals Anschluss oder gar Anerkennung finden können, wenn nicht an dieser unverbindlichen Stelle?

Könnte es sein, so fragt sich die Meise zögerlich, dass das dreckige Pack, das ihr doch eher unverpflichtet, also völlig unverbindlich und somit gänzlich zwangslos folgt, als dass sie es jemals dazu nötigen könnte, ihr zu folgen und das sie längst nur noch als einen ungebetenen, ungezügelten und restlos unerwünschten Wurmhaufen, bestenfalls als einen sehr lockeren Wurmschwarm, meist aber als eine dunkle, amorphe Wurmmasse, also als ein widerliches, klebriges, oft bedrohlich nach Haschisch, Bier und ordinären Schnaps stinkendes Konglomerat oder, noch trefflicher, noch bezeichnender, als rundweg überflüssigen Wurmfortsatz wahrnimmt, der auch während dieser doch eher spontanen, also unnötigen und somit völlig nutzlosen Unternehmung ständig neue Handelspartner, frische Handelsware, neue Warentransaktionen und somit lukrative Geschäftsbeziehungen sucht, seine einzige, seine wahre Berufung übrigens, seine leidenschaftlich ausgeübte und scheinbar angeborene Beschäftigung genau wie zu Hause, und dass er bei dieser offiziellen meisischen Unternehmung nur deshalb überhaupt erst mit dabei ist?

Die verschworene und absurderweise gleichzeitig ständig in sich zerstrittene Wurmbüchse ist ja immer und pausenlos auf der Suche nach dem dringend benötigten Wurmstoff, eine emsig betriebene Tätigkeit, die ihr längst zur nüchternen Gewohnheit und somit zur leidenschaftslosen Routine geworden ist, und wenn nicht direkt nach Betäubungsmitteln aller Art gesucht wird, dann zumindest nach potentieller Käuferschaft und kaufkräftiger Kundschaft für selbige, also nach lokalen Drogenkonsumenten und solchen, die es noch werden sollen, werden wollen oder werden müssen, in bedachtsamer Umgehung der örtlichen Drogenclans, die ihre einträglichen Reviere auch hier mit Argusaugen überwachen und hüten, oder aber mit Blick auf besonders schnelles Geld, wenn möglich gleich bei labilen Päderasten, devoten Pädophilen und allerlei mehr als subtilen Wurmliebhabern der widerlichen Sorte, wie die Würmer

sie unweigerlich in fast allen abgelegenen
Parks und öffentlichen Toilettenanlagen an-
treffen und sofort hemmungslos ausnehmen,
vielleicht sogar bei pathologischen Wurm-
fressern oder aber, bei besonders dringendem
Bedarf, bloß aus allerhand Handschuhfä-
chern, versteckten Garderoben, sträflich of-
fengelassenen Kassen, leicht zu knackenden
Getränke- und Billettautomaten, lockeren
Brieftaschen, unbeaufsichtigten Damenhand-
taschen, leichtfertig stehen gelassenen Ein-
kaufstaschen oder notfalls auch nach anders-
wie Verwertbarem – eigentlich und prinzipiell
nach rundweg allem, was einen gewissen
Wiederverkaufs- oder Eintauschwert haben
könnte, was sich also unauffällig entwenden
und somit schnell und anonym verscherbeln
ließe und auch nur entfernt nach Barem röche.

Die Meise hat es nämlich – wir merken es
gleich – mit schon recht früh verpfuschten
Wurmleben zu tun, unablässig und deutlich
unstet in Bewegung wie gefangene Raubtiere,
auf der ständigen und ruhelosen Suche nach
irgendwas Verwertbarem: So sieht das Leben
eines ganz gewöhnlichen Wurmausschusses
und beliebigen Wurmfortsatzes heute aus,

und nur deswegen ist er derart rastlos unterwegs, der Verdorbene, der Ausfällige, der Hemmungslose, der Unbeherrschte, pausenlos umhergetrieben, unruhig, fahrig, aufgeregt bis hektisch, gleichzeitig auch noch ständig von dritter Seite herumgeschoben und herumgestoßen und deshalb kaum jemals in einem halbwegs erträglichen, normalen Ruhezustand, also kaum jemals in mittlerweile unerträglich gewordener Regungslosigkeit, das heißt, kaum jemals in absolut wirkungsloser Tatenlosigkeit und somit in extrem unprofitabler, also nutzloser und unnötiger Untätigkeit. Wie auch? Tag und Nacht äußerlich geistig abwesend jeden erreichbaren Müll in sich hineinstopfend, als würde ihn unausgesetzt ein aufgeregter, innerer Hunger beharrlich und zwingend vorantreiben, eine allerdings nur für ungeübte Außenstehende undurchschaubare Dringlichkeit, doch gleichzeitig eine unübersehbare Eile, eine stete Anspannung und eine zerstörerische Unrast: So sieht ein ganz gewöhnlicher Wurmhaufen heute aus.

Die Katzen streiten diese Tatsachen zwar vehement ab und glauben ernsthaft, es handle sich auch hier nur um ganz gewöhnliche Würmer, denen massiv Unrecht getan würde, nur kennt kaum jemand diese Tatsachen, weil nicht sein kann, was nicht sein darf, und weil man das gar nicht sehen will, noch wissen soll und deshalb alles tut, um das nicht sehen und somit eingestehen zu müssen. Wir haben hier eine Wirklichkeitsverweigerung größten Ausmaßes vor Augen, auf die wir bestimmt noch einige Male stoßen werden. Ein würmischer Ausschuss kann eben nicht stille sein, ebenso wenig, wie er sich jemals auch nur für kurze Zeit ruhig verhalten möchte, geschweige denn, dass er für einmal aufmerksam zuhörte oder gar ungewohnt konzentriert wäre. Vergessen Sie das, vergessen Sie das gleich! Das kann er sich gar nicht mehr leisten, denn das Gift macht ihn gezwungenermaßen absolut unberechenbar, macht ihn immerfort flatterig, macht ihn überaus unruhig, ungesund angespannt und ausgesprochen fahrig, kurz, es macht ihn unbrauchbar für sich selber, und für alle anderen völlig unnütz und zudem wertlos, überflüssig halt, wie schon erwähnt. Aus-

schuss. Abfall. Dreck und Müll, denn kaum
hat er endlich etwas gefunden, was er ver-
werten kann, ist er bereits wieder auf der
Suche nach dem Nächsten, immerfort das
folgende geschäftliche oder toxische Ereignis
vor Augen, den kommenden Handelsab-
schluss, den baldigen Konsum, den schnellen
Verkauf, die zwingende Vorsichtsmaßnahme,
die unabwendbare Umsicht, das überaus sorgsam geplante Ausweichmanöver, die geschik-
kte Täuschung, die unumgänglich kecke Ver-
leugnung, die weitsichtig vorsorgliche Vertuschung, die überraschend kreative Umgehung
und die krasseste Verschleierung vor Augen,
die man sich vorstellen kann, immer in fieb-
riger Erwartung des zukünftigen Geschehens
und seiner durchaus absehbaren Folgen oder
auch seiner unabsehbaren Konsequenzen.
Hinzu kommt, dass es gar keinen Sinn hat,
sich bei ihm zu erkundigen, ihn höflich danach zu fragen, ihn darum zu bitten oder ihn
gar umständlich auszufragen, denn natürlich
lügt der würmische Ausschuss, jederzeit und
überall und immerdar, direkt und indirekt; das
Gewürm täuscht nämlich laufend, umgeht be-
dachtsam, lenkt geschickt ab, erfindet sauber

durchdacht und verwischt stets zweckgerich-
tet und schnell alle verräterischen Spuren und
lenkt bewusst davon ab, völlig selbstverständlich, automatisch und ausnehmend ge-
übr und somit gekonnt.

Er hat das drauf, und er kann gar nicht
anders, weil dies ein wichtiger, wenn nicht gar
der wichtigste Teil seines Geschäfts ist. Für
Würmer sind nüchternes Lügen und kalku-
liertes Täuschen zwei ganz normale, praxis-
bezogene Ablenkungs- und somit Verteidi-
gungsvorgänge, ebenso wie Stehlen und
Hehlen, sind zwei gewöhnliche Werkzeuge in
seiner Hand, sind ganz alltägliche Mittel zum
Zweck, die von zehnmal mindestens neunmal
vorzüglich klappen, und sie sind allein deshalb ein durchaus übliches Verhalten mit bewusst akzeptierter Schadensbegrenzung, alles
in allem nichts anderes als eine kaltblütig und
beherrscht angewandte Wahrscheinlichkeits-
rechnung der Ober- und Sonderklasse. Un-
unterbrochen lügen und betrügen muss ja heute jeder gewöhnliche Ausschuss, er muss diese praktischen Werkzeuge zudem blindlings
beherrschen, naturgemäß, folgerichtig und

gezwungenermaßen; etwas anderes als das kennt er mittlerweile gar nicht mehr, denn lügen und betrügen sind zwei seiner wichtigsten Mittel zur Durchsetzung seiner Interessen, wie es übrigens auch das unablässige Beschimpfen, Beleidigen, Bedrohen und Erpressen sind, das ist alles nur eine Frage der aufmerksamen Planung, der umsichtigen Vorsorge, der konzeptuellen Voraussicht, der geschäftlichen Umsicht und somit der bedachtsamen Kalkulation. Die Wurmbüchse selber hat überhaupt kein moralisches Problem damit, denn sie hat das längst den Katzen abgeschaut, die diese allgemein übliche Taktik der Verschleierung, Vertuschung, Verneinung, Verdrehung und Verhüllung ja auch in einem weitaus größeren Maßstab betreiben; das ist sozusagen der Grundton der ganzen Wurmheit an sich, das ist ihre unauffällige Hintergrundmusik zum traurigen Endlosfilm über das aktuelle Wurmtum als solchem, ist somit auch das wichtigste Werkzeug eines ganz gewöhnlichen Wurmdaseins bis hin zum abgesicherten Geschäftserfolg und somit bis zur dringend benötigten Achtung und pausenlos gesuchten Anerkennung in der Wurm-

büchse selber, ist also die unabdingbare
Grundlage einer generellen Wurmhaftigkeit
überhaupt, also des Wurmseins an sich, ist
wurmhafter Alltag halt und einzig eine Frage
der würmischen und somit gleichzeitig auch
der ameisischen Routine, das ist alles.

Jetzt stehen die Würmer alle im Kreis und
bewegen sich nicht mehr, bemerkt die Meise
besorgt, und das ist kein gutes Zeichen. Sie
sind unvermittelt mitten auf dem Gehsteig
stehengeblieben und versperren den vielen
eiligen Passanten unbekümmert den Weg, so
dass diese wortlos und mit gesenktem Kopf
auf die stark befahrene Fahrbahn ausweichen
müssen, tunlichst ohne das fremde Gewürm
direkt anzublicken, nur um es ja nicht zu
unvorhersehbaren Reaktionen zu provozie-
ren, also äußerst umsichtig und vielleicht sogar aus mehrfach überstandenen schlechten
Erfahrungen mit solch unerfreulichen Ansam-
mlungen von Würmern, denn die Würmer,
von denen hier die Rede ist, verhandeln ganz
offensichtlich ungewöhnlich aufgeregt, stellt
die Meise, die sich erneut ungeduldig umge-
dreht hat, besorgt und verärgert fest; sie tu-

scheln verhalten, aber äußerst intensiv, denn
Würmer müssen sich immerzu absprechen,
müssen immerdar die schwierigen Lagen pei-
len, die heiklen Situationen abschätzen, die
laufenden Angebote checken und zugleich
ihre spärlichen Möglichkeiten abwägen, und
dies alles gleichzeitig und synchron, müssen
sich somit immerfort geschäftsmäßig bespre-
chen, müssen ständig ihre spärlichen Geld-
mittel auf Grund von komplizierten Berech-
nungen und Abmacheungen umverteilen,
müssen umdenken und um drei Ecken herum
die stets wandelbaren Marktchancen pausenlos in andere Währungen umrechnen, müssen
genaue Mengen berechnen können und folglich die sehr variablen Preise, verbunden mit
ihren immerzu stark eingeschränkten An-
kaufs- oder Verkaufschancen, müssen Risi-
ken einkreisen, abschätzen und begrenzen
lernen, müssen aber auch gleichzeitig ihre
eigenen Gewinnprozente ausrechnen können,
denn alle Würmerausschüsse stehen gewöhnlich vierundzwanzig Stunden am Tag im Dau-
er- und Beschaffungsstress. Der Wurmausschuss verhandelt konsequenterweise auch
während dieser Unternehmung, stellt die Mei-

se wieder einmal sachlich fest, denn wer den
Stoff beschafft und somit die Preise kennt, ihn
folglich verteilen und umverteilen, also wieder loswerden und enorm einträglich verkau-
fen kann, hat nun mal gleichzeitig die ganze
Wurmbüchse in der Tasche, hat den überaus
wichtigen Einfluss auf das Gesamtgewürm als
solches und die einzig richtige Bedeutung in
der Gruppe, nämlich die Macht und somit das
alles entscheidende Gewicht der bedeutungs-
vollen Einflussnahme.

Einzig das zählt, und somit hat nur dieser
Aspekt die korrekte Geltung in der gesamten
Wurmheit als solcher, denn nur der Besitzer
von gutem Stoff macht nun mal den goldenen
Schnitt; dies ist das eiserne Gesetz in der
Branche. Einzig der Mann mit dem guten
Stoff sitzt an den Schalthebeln der Macht und
ist der wahre Boss, der anerkannte King, der
absolute Champ und der strahlende Sieger in
einer Person, wenn auch nur vorübergehend,
das heisst, bis der Stoff aufgebraucht ist, doch
alleine dies zählt, nur dies. Wer die Macht hat,
macht die Preise und somit den Gewinn – so
einfach läuft das einträgliche Geschäft.

Dieses Gesetz gilt hier nicht anders als in jedem anderen Geschäftsgeschehen eines jeden anderen professionellen Geschäftsbereiches auch; es wickelt sich somit als Transaktion exakt wie jede andere Kaufmannspraxis in jeder anderen, hehren Banken- und Handelswelt ab. Da ist keine Zeit für lange Diskussionen, da ist auch keinerlei Bedarf nach unnötiger Verzögerung oder auch nur nach überflüssigen Überlegungen, hinderlichem Zögern oder wirkungslosem Zaudern und schon gar nicht Raum für allfällige, völlig sinn- und nutzlose Zeitverschwendung irgendwelcher Art, wie lange Grundsatzdiskussionen, generelle Auseinandersetzungen und sinnstiftende Überlegungen. Würmische Entscheide fallen deshalb jeweils immer sehr schnell, fast überhastet, aber immer endgültig, vorbehaltlos und äußerst präzise, denn das, was die Wurmbüchse ständig umtreibt, ist lauteres, unternehmerisches Denken, reines, tatkräftiges Anpacken und fleckenloses, kaufmännisches Handeln und somit makellose Kaufmannsschaft der Spitzenklasse, wenn man so will, zudem ausschließlich im völlig illegalen Bereich, versteht sich, und somit sehr gefährlich, genau wie so viele andere Geschäftsbereiche der Spitzenklasse auch. Doch das macht ja die Professionalität überhaupt erst aus; Großbanken und Großkonzerne bewegen sich ja auch nicht anders.

Jedesmal, wenn sich die Meise nach den Würmern umdreht, wundert sie sich über die auffallend großen Taschen an den tiefhängenden und viel zu weit geschnittenen Beinkleidern; doch irgendwo muss das ganze Material ja hin, muss das ganze Business ja gelagert, versorgt, transportiert, versenkt und versteckt werden können, versteht sich. Aber wenn man den Ausschuss ganz direkt danach fragt, zeigt er geschickt, gekonnt und sichtlich zerknirscht eine uralte, angebrochene Zigarettenpackung, ein paar wertlose Münzen oder eine Handvoll zerknüllte Kaugummipapierchen vor, denn mehr braucht es nicht, um eine zerstreute Meise oder eine schusselige, desinteressierte Katze zu täuschen. Diese einstudierten und fleißig eingeübten Gesten, diese knallhart kalkulierten Risikohandlungen, dieser blitzschnelle Handgriff schützt den Wurm erfahrungsgemäß in mindestens neun von zehn Fällen sicher vor weiteren, unangenehmen Nachforschungen und restlos unerwünschten Nachfragen. Zwar gilt danach als minderjähriger Raucher, wer eine angebrochene Packung Zigaretten mit sich trägt, das ist klar, und das steht jeweils sofort fest, denn dazu braucht es nicht einmal eine Erklärung, also eine spontan erfundene Ausrede oder gar eine unerwartete Entschuldigung, doch wer ist das nicht, ein Raucher, oder wer ist das zumindest nicht schon mal gewesen? Und was soll das überhaupt, Rauchen als moralischer Vorwurf, also gewöhnlicher Nikotingenuss als schwerwiegendes Delikt?

Aber für ein aufgebrachtes Katzenprotektorat sind harmlose Zigaretten erfahrungsgemäß mehr als nur ein empörender Beweis der moralischen Verkommenheit und zudem bereits ein nachhaltiger Grund, um eine völlig unbeteiligte und überraschte Meise entrüstet zu maßregeln – nicht etwa einen Wurm, denn die Meise ist schuld. Die Meise ist immer schuld, und deshalb kann und muss allein die Meise verantwortlich dafür gemacht werden, dass die Würmer rauchen; wir werden später noch einmal auf dieses recht bemerkenswerte Phänomen zurückkommen müssen, denn es geht hierbei um die bemerkenswerte Phänomenologie der Schuldhaftigkeit.

Das juvenile Rauchen von Zigaretten genügt den Katzen hinlänglich für eine nachhaltige Verurteilung einer Meise, und zwar als meisisches Vergehen, als meisische Entgleisung und auch als meisisches Delikt an sich, versteht sich, auch und vor allem als meisische Nachläßigkeit in aller meisischen Verantwortungslosigkeit, und zudem lenkt dieser Verlauf der Auseinandersetzung elegant von allen anderen Problemen ab und ist in der Regel für ein ahnungsloses Protektorat ein gebührender Anlass für eine dauerhafte, also nachhaltige Meisenschelte, wie schon erwähnt.

Ausreden sind nicht gefragt, Ausflüchte werden gar nicht erst gesucht, denn über Zigaretten und Zigarettenkonsum kann sich das Katzentum bereits ausreichend und sogar über mehrere Jahre hinweg ausgiebig entrüsten, darf sich darob also zur Genüge empören, mag es doch gleich im Anschluss daran befriedigt strenge Beschlüsse fassen und strikte Entscheide fällen, wird zudem völlig ungeeignete Schritte androhen oder sogar tatsächlich einleiten und durchziehen wollen, darf drakonische Maßnahmen androhen oder anordnen, will vielleicht sogar „ein- für allemal mit starker Hand durchgreifen" – was immer sich die Katzen darunter vorzustellen belieben.

Das überaus kurzsichtige Protektorat kann sich für einmal in seiner aufgebläht ameisischen Katzenhaftigkeit öffentlich und für alle ersichtlich deutlich und markant in Szene setzen, kann sich also wichtigtuerisch durchsetzen und unumstößliche Eckpunkte und Endpunkte setzen, wenn nicht gar sich selber unentbehrlich machen, und es gilt danach in den Augen aller anderen Katzen erst noch als absolut vorbildlich und mustergültig. Was will man als Katze mehr erreichen? Falsches Lob von falscher Seite reicht völlig aus.

Das wäre dann schon wieder gutes Lob. Überhaupt muss man sich immer wieder wundern, wie wenig es braucht, um jedes durchschnittliche Katzenprotektorat nachhaltig zu täuschen, dauerhaft abzulenken und sogar für eine Weile emotional zufriedenzustellen, denn ein ganz gewöhnliches Gewürm entwickelt seine brauchbaren und nützlichen Strategien weitaus schneller, als Katzen oder auch nur als verängstigte Meisen darüber jemals nachzudenken vermöchten. Es arbeitet sie mit geradezu schlafwandlerischer Sicherheit intuitiv richtig aus und lässt sie anschließend durch die bereits erstaunlich vielfältige Erfahrung eines zwar noch reichlich jungen, doch hinlänglich strafbaren, also kriminellen und allein deshalb schon deutlich verdorbenen Wurmlebens ausführlich bestätigen. Nur auf diese Weise kommt es zu seinem unaufholbaren, ständigen und lebenswichtigen Vorsprung, und das ist in jedem Fall eine grundsolide Taktik, denn nur so können ihm die täppischen Katzen niemals auf die Schliche kommen, noch jemals gefährlich werden, und überdies durchschaut der geneigte Wurm als gerissener Wurmfortsatz an sich seinen natürlichen Gegner, also vor allem die Katzen und zuweilen auch die doch eher harm- und bedeutungslosen Meisen im Nu, durchleuchtet sie wie mit dem modernsten Tomographen und hat sie somit immer sicher im Griff. Das muss übrigens aus der Sicht der Würmer unbedingt so sein und auch so bleiben, denn in diesem komplexen Geschehen steht in der Regel allein die Meise ständig im Regen; sie muss jedenfalls stets alle Konsequenzen tragen – und nur sie.

Solcherart ist das geplant, geleitet und gefertigt, nämlich wie ein Naturgesetz: Die harmlose und völlig unbeteiligte Meise trägt ganz grundsätzlich und jederzeit alle Schuld, einzig und alleine. Der natürliche und nahezu ausnahmslose Feind eines jeden würmischen Ausschusses und somit einer jeden stürmischen Wurmbüchse, also eines jeden verdeckt operierenden Wurmgesindels, weil mehrheitlich lichtscheuen Würmertums überhaupt und einer jeden mehr als kümmerlichen Wurmheit an sich in seiner ganzen, kläglichen Wurmhaftigkeit, ist nicht etwa das inoffensive Meisentum, das sich mit den Würmern gewis-

sermaßen beruflich auseinanderzusetzen hat –
oder zumindest auseinanderzusetzen hätte,
rein theoretisch, wenn es sich denn mit ihnen
überhaupt jemals auseinandersetzen könnte
oder möchte oder würde oder wollte, sondern
doch eher und wirklich erstaunlicherweise,
aber streckenweise sogar fast ausschließlich
das rachsüchtige, kätzische Protektorat mit all
seinen antimeisischen Vorurteilen, mit all
seinen meisophoben Möglichkeiten, also mit
all seinen ameisischen Aversionen und mit all
seinem antiwürmischen Ermessensspielräu-
men. Aber das ist für die Würmer sehr leicht
zu entlarven, nicht nur auf Grund der even-
tualen, gemeinsamen Privatsphäre, also aus
einem ungewöhnlich kenntnisreichen und
deshalb detailgenauen Privat- und Familien-
leben heraus, das Würmer und Katzen ja
naturgemäß irgendwie teilen, das heißt, juristisch gesehen sogar teilen müssen, wenn auch
nur auf dem Papier.

Das gesellschaftliche und soziale Umfeld ist
für die gesamte Wurmitüde ja viel leichter zu
erkennen, viel schneller zu definieren, viel
sauberer zu analysieren und deshalb auch bes-

ser zu verstehen als zum Beispiel für professionelle Provokationswühlmäuse oder verdeckte Ermittlungsmaulwürfe der Katzenpolizei, für außeramtliche Schnüffelfahnder und langjährige, bereits grauhaarige V-Schleicher und besoldete Informanten, für nichtöffentliche oder nur halbstaatliche Schleimdenunzianten und ganzstaatliche Leckschnüffler der politischen Schmierenoper, für plumpe Massenkontrollorgane auf der Basis von schlecht bezahlten Hühnerhilfskräften und Kotanalysten, für die stets streitsüchtige Vogelverwandtschaft als Ganzem, für ständig misstrauische und spionierende Käfignachbarn, für neidische Zellenkollegen und für ganz gewöhnliche WC-Spanner aus der örtlichen Überwachungspolizei, oder aber für neuzeitliche, überaus raffinierte, von bloßem Auge kaum sichtbare, elektronische Überwachungsanlagen der nationalen und multinationalen Konzerne und für total durchcompiuterisierte, also unfehlbare Kontrollmechanismen der öffentlichen Dienstleistungs-, Kommunikations- und Konsumgesellschaft an sich, oder aber für allerlei artfremde, also fremdartige Späherwürmer aus ganz anderen

Wurmpopulationen, vor denen auch ein ge-
witzter Wurmausschuss immer auf der Hut
sein muss, weil auch andere Wurmpopulationen aus anderen, nicht einmal angrenzen-
den Gegenden, ja, aus anderen Kontinenten
natürlich exakt dieselben vertrackten Kampf-
mittel einsetzen und mit denselben gefährlichen Waffen operieren können müssen wie
sie selber.

Andere, also fremde Wurmausschüsse sind
denn auch die einzigen Organe und Mecha-
nismen, die ein jedes herkömmliche Gewürm
sehr gründlich durchschauen können und
auch tatsächlich durchschauen muss, falls
jemals Bedarf vorhanden wäre, denn eine
simple Meise spielt in diesem Theater im
Grunde genommen eine völlig untergeord-
nete Rolle, also eine klare Nebenrolle, und
überdies kann das Meisenhirn an sich je nach
Lage bis zu vierzig Prozent wachsen oder
schrumpfen, wie uns die ornithologische Ana-
tomie tatsächlich bestätigt, ein eindeutiger
und unschätzbarer organischer Vorteil, muss
man dazu neidvoll anfügen, denn das Volu-
men der Hirnmasse ist ja gerade bei Meisen

schon von Anfang an sehr gering und ur-
sprünglich eigentlich nur von den bescheidenen, meisischen Bedürfnissen geprägt und
programmiert und somit nur von ihnen ab-
hängig. Etwas Wehwehchen hier, etwas Jam-
mern da, etwas Bobochen dort, dazu etwas
Kabelfernsehen, etwas schickes Billigauto
fahren, bitte sehr, dazu etwas gut eingeführter
Erlebnisurlaub in den Alpen und gleichzeitig
immer etwas bescheidenes Einkaufen allent-
halben, und schon ist restlos jede durchschnittliche Meise an und für sich, also persönlich und privat, wunschlos zufriedenge-
stellt und folglich richtig glücklich, wirklich
richtig glücklich, denn mehr braucht es tatsächlich nicht, und kleine Konsumkredite
richten's für die Sonderwünsche füglich.

Vielleicht wird auch das stets himmel-
schreiend forsch, immerzu überaus unangenehm selbstsicher und zudem geradezu unerträglich selbstherrlich auftretende Katzenprotektorat vom Wurmausschuss nur deshalb als
ebenso bedeutungslos und mindestens ebenso
harmlos wie Durchschnittsmeisen empfun-
den, weil es aus obgenannten Gründen auch

so leicht zu durchschauen ist, denn Katzen
wollen den Würmern aus Gründen, die noch
zu erläutern sind, kaum jemals wirklich etwas
anhaben, den geplagten Meisen allerdings
schon, wie wir spätestens ab jetzt vermuten
dürften.

Der Ausschuss folgt der Meise kontinu-
ierlich, doch verdeckt durch das Gewühl und
Gewimmel der belebten Straße, aber immer
so, als gehöre er gar nicht dazu. Das ist übrigens längst nicht mehr das ganze Gewürm,
was sie da hinter sich herzieht, stellt die Meise
schon jetzt, also schon zu Beginn dieses wie-
teren sinnlosen Unternehmens erschrocken
und wie nebenbei fest, und sie weiß zunächst
gar nicht und in der Folge nie mehr, wo sich
der ganze Rest eigentlich befinden mag.
Ist das noch normal? muss man sich an dieser Stelle mal fragen dürfen; darf die Meise
einen halben Wurmfortsatz einfach so leichtfertig aus den Augen verlieren? Und wo treibt
sich in einem solchen Falle, bitte sehr, die andere Hälfte unbeaufsichtigt herum? Es gäbe ja
für die arme Meise schon jetzt sehr viele,
vielfältige und nachhaltige Gründe, um auf

der Stelle in tiefste Verzweiflung auszubre-
chen und die gewohnte Untröstlichkeit zu
markieren; doch was heißt hier, in aller Bescheidenheit gefragt, „noch normal"? Hier ist
in Tat und Wahrheit längst nichts mehr
normal und wohl auch noch gar nie normal
gewesen, möchte die erfahrene Meise zunächst einmal betont wissen, denn hier läuft
prinzipiell nichts normal ab, niemals, und
zwar aus dem einfachen Grund, weil hier noch
gar nie etwas normal abgelaufen ist – was
immer man unter „normal" verstehen und
begreifen möchte und wann immer man
geneigt wäre, die Abläufe jemals als normal
zu verstehen und als normal zu bezeichen.
Hier wird bestimmt nicht normal gehandelt,
noch wird hier jemals ein normales Wurm-
verhalten an den Tag gelegt, und es wird auch
nicht normalwürmisch reagiert, gerade dies
ganz und gar nicht, denn es sind sich in diesem alles andere als normalen Unternehmen,
wie wir bereits zu diesem frühen Zeitpunkt
leichterdings verstehen können, ganz grundsätzlich, ja, systembedingt und konstella-
tionsbezogen, alle drei Teile dieses teuflischen Dreiecks, dieses satanischen Triangles,

grundsätzlich spinnefeind, also die Meisen
den Katzen und den Würmern, die Würmer
den Katzen und den Meisen und die Katzen
den Würmern und den Meisen, ganz besonders aber und vor allem die Meisen den Würmern und den Katzen gemeinsam, überein-
stimmend, parallel, intensiv, symbiotisch,
synergetisch und meist auch noch gleich in
extremis, wie wir erkennen zu müssen uns all-
mählich vorzubereiten erlauben sollten. Diese
doch eher bedauerliche Tatsache ist eigentlich
längst bekannt und auch aktenkundig, und sie
ist bereits die ganze Ursache an sich, also die
Hauptursache für rundweg alles, was fürder-
hin eine Rolle spielen wird, eine unumgäng-
liche Gegebenheit also, die uns allein deshalb
unbedingt noch ausführlich und gründlich beschäftigen muss.

Die altbewährte Verhaltensforschung ist
diesbezüglich längst alarmiert, und die besten
Verhaltensforscher der Welt rotieren bereits
unkontrolliert durch diesen bescheidenen
Text: In einer Unternehmung wie dieser steht
neuerdings, wie auch sonst und überhaupt, die
viel besungene und oft zitierte Normalität,

was immer das sein mag oder jemals gewesen
sein könnte oder vielleicht tatsächlich einmal
gewesen sein mochte, viel zu weit hinten an,
um überhaupt in Betracht gezogen werden zu
können, und genau dies ist es denn auch, was
klassische Verhaltensforscher nie begreifen
werden: Die so genannte Normalität – und
somit ein an sich berechenbarer Verhaltens-
standard – gibt es nämlich gar nicht; sie war,
sie ist und sie bleibt ein perpetuelles Phantom
der Quasiwissenschaft und somit der ewige
Wunschtraum einer rein wissenschaftlich ver-
blendeten Katzenheit, also eines gesellschaft-
lich fatal irregeführten Katzentums in seiner
ganzen Banalität, Ignoranz, Inkompetenz und
– sprechen wir es ruhig und offen aus – in
seiner sprichwörtlichen Debilität.

Der Wurmausschuss folgt der Meise, wie
bereits erwähnt, mit einem gewissen, doch
präzisen Sicherheitsabstand, möglicherweise
sogar aus Rücksicht auf die Meise selber. Das
mag uns jetzt etwas überraschen, doch
vielleicht wird ja im Gehen nur wie üblich
gesoffen, geraucht, geschluckt, gesnifft, ge-
spritzt und gekifft, also polytoxikomanisch

genossen, wie man sich unter Genossen mit einer gewissen Verbitterung ausdrücken möchte, und die Meise soll das einfach nicht mit ansehen müssen, beschwichtigt sich die Meise selber halbherzig. „Ich brauche das nicht zu sehen", behauptet sie deshalb selber keck und trotzig, „ich habe das nicht nötig. Und was ich nicht sehe", fügt sie hinzu, „brauche ich gar nicht zur Kenntnis zu nehmen". Vielleicht wird in einem stillen Hauseingang ja nur schnell die Nase gepudert, oder es wird hinter einem Treppenvorsprung kurz gedrückt, oder es kann auch, wie überall üblich, selbst im Gehen gekonnt konsumiert, also geraucht, geschluckt oder auch nur tüchtig gedealt werden. Fliegende Straßenhändler kommen und gehen ja unausweichlich ständig und überall vorbei, kühn, mutig, frech, forsch, unerschrocken, direkt, schnell, leise, unauffällig, geschickt, also unerkannt und vor allem unerfasst von verdeckten Fahndern, getarnten Detektiven, versteckten Kameras, unsichtbaren Aufpassern und unauffälligen Bewegungsmeldern. Eventuell wechselt soeben viel Geld in vielen zerknüllten Scheinen die Besitzer, manchmal in erstaunlichen, ja, geradezu unvorstellbaren Mengen, meist in Bündeln, Büscheln oder Rollen, seltener aber in anständigen, sauberen, elektronischen Transaktionen von Handy zu Handy, also von Bank zu Bank, wie man das als Profi heutzutage macht. Vielleicht geht der längst vorgewarnte Wurmfortsatz nur auf kluge Distanz zur misstrauischen Meise und somit auch über die Meise hinweg zum ahnungslosen Katzenprotektorat, umsichtig vorausschauend und natürlich vorsichtig, also weise, achtsam und überaus bedacht, immer außerordentlich aufmerksam und extrem wachsam, ein schlichter, doch längst angelernter Verhaltensreflex, eine nahezu unvermeidliche, doch ungemein wichtige Verhaltensreaktion, ein intuitiver Verhaltenskodex, wenn nicht gar ein bereits genetisch bedingtes Verhaltensmuster aus langjähriger, wenn nicht gar generationenlanger Sozialisation, wenn Sie so wollen.

Alles ist heute diesbezüglich möglich, denn es gibt ausgesprochen viele Verhaltensrätsel im stets nur für Außenstehende rätselhaften Verhalten einer jeden durchschnittlichen Wurmitüde, und oft ist dieses Muster für die

Würmer lediglich eine Frage der Ehre, der
Rang-, der Hack- oder der Pickordnung, wenn
man so sagen kann, nicht mehr und nicht
weniger – da kann die Meise jeweils nur wortlos staunen. Brehms Tierleben halt, mit einem
Schuss Mendel und einigen Tropfen Darwin.
Bilateria. Doch sie weiß mittlerweile genau,
dass es sich nimmer lohnen würde, sich darüber den Kopf zu zerbrechen, denn überaus
raffinierte, würmische Verhaltensstrategien
finden sich zuhauf, im ständigen Wechsel mit
all den neunmalklugen Verhaltenstaktiken
und den eher undurchschaubaren, doch per-
manenten Ehrenhändeln unter Würmern,
nebst allerlei naivem Getue und äußerst
kindischem Verhalten, meist aus der Glotze
abgeschaut und gekonnt kopiert und imitiert,
offensichtliche Versatzstücke aus billigen
Serien und debilen Soapoperas, manchmal
tatsächlich als plattester Humor in seiner ganzen Massentauglichkeit getarnt, also banalste
Witzlosigkeiten, die, geschickt eingesetzt,
ausschließlich zur Ablenkung allfälliger Auf-
passer dienen. Hinzu kommen ja auch noch
und immer wieder all die unübersehbaren und
meist ziemlich schwerwiegenden Verhaltens-

störungen, die sich oft schwer und vor allem
quer zu jeder naheliegenden Vernunft legen,
schwer und quer zu jedem sich anbietenden
Verstand, aber auch viele gewöhnliche, doch
sehr unangenehme Verhaltensauffälligkeiten,
dazu ständig die inkonsequenten und meist
unerklärbaren Verhaltensfehlleistungen, all
die desaströsen und dekonzertanten Verhaltensmuster und die stets kontraproduktiven
Verhaltensabnormitäten, sowie etliche vielleicht sogar gutgemeinte, doch absolut harmlose, weil völlig wirkungslose Verhaltens-
regeln oder auch nur ganz gewöhnliche, ganz
unverständliche Verhaltensweisen und andere
unverschämte Unverhältnismäßigkeiten ohne
Zahl, immerzu aus frühwürmischen Defizi-
ten, wurmoïden Traumata, vermisischen Psy-
chosen und bilaterischen Neurosen heraus in
sehr deutlich und offensichtlich vernachläs-
sigten Wurmnestern geboren, auch wenn sich
diese würmischen Herkünfte betont gediegen
und aufgeschlossen zu geben belieben (ganz
besonders die!) – mehr gewiss nicht. Aber
nicht nur das.

Wie ist das denn früher gewesen? muss man sich jetzt angesichts dieses mehr als deplorablen Desasters völlig zu Recht fragen dürfen. Hat sich die ganze Wurmpopulation früher nicht stolz an die Katzen oder sogar an die Meisen selber gedrängt? Hat das heute Undenkbare einst nicht tatsächlich und real stattgefunden? Haben die Würmer damals, also in den Frühzeiten ihrer tatsächlich noch unschuldigen Wurmhaftigkeit, nicht geradezu rührende Vertrauensseligkeit an den Tag gelegt, grenzenlose Zutraulichkeit gezeigt und stolz absolut selbstverständliche Verlässlichkeit demonstriert? Und dazu jede Menge leichter Zugänglichkeit? Absolutes Vertrauen? Unbedingte Zuneigung gar? Haben die frühen Würmer, die Urwürmer also, in ihrer entwicklungsgeschichtlichen Ur- und Frühzeit nicht eine geradewegs entwaffnende Arglosigkeit bei eingestandenermaßen gleichzeitiger Ahnungslosigkeit an den Tag gelegt, als ein geradezu typisches Merkmal ihrer wurmhaften Eigenart und ihres biologischen Entwicklungsstandes? Die Meise erinnert sich tatsächlich an nicht wenige unverbindliche Zutraulichkeiten, die heute absolut undenk-

bar, ja, unvorstellbar wären, wie zum Beispiel offen zur Schau gestellte Zuneigung den
Meisen gegenüber, freundliches Händchen-
halten auf Ausflügen gar, ja, sogar liebens-
würdiges Haarestreicheln und herzliches
Wangentätscheln, aber auch an eine rundweg
umwerfende Offenherzigkeit und überaus
entwaffnende Arglosigkeit, an eine flecken-
lose Unverdorbenheit halt, wie es sie heutzutage gewiss nicht mehr gibt und wie sie
heute auch nicht mehr vorstellbar ist. Du
meine Güte, das waren noch Zeiten!

Heute gälte dies alles sofort als körperliche
Bedrängung, als seelische Nötigung, als emo-
tionelle Misshandlung oder gar als sexuelle
Belästigung und wäre als eindeutig moralischer Vorwurf und als fixfertige juristische
Anklage durchaus ausreichend, um eine gewöhnliche Meisenexistenz nachhaltig und
unwiederbringlich zu zerstören und zu ver-
nichten. Richtige Wellen und Wogen von
Massenhysterien machen sich heutzutage
diesbezüglich blitzschnell breit, und Fluten
von Persekutionsdelirien pflegen sich neuerdings in den gespreizten Katzenprotektoraten

ungebremst und natürlich absolut unreflek-
tiert auszudehnen! Viele naturaufgeregte Katzen fordern heute nichts weniger als das Ende
sämtlicher zivilisatorischen Errungenschafen,
also den Schluss aller zivilisierten Rechts-
grundlagen und deren unwiederbringlichen
Abgang, also die Auflösung aller demokra-
tischen Rechtsprinzipien, und gewisse Katzen
wollen heute immer gleich das ganze Rechts-
system als solches, gleich das ganze Rechts-
wesen überhaupt und somit den ganzen
Rechtsstaat an sich ausbremsen, umstürzen
und abschaffen, nur um für alle ersichtlich im
Recht zu sein, nur um recht zu haben und
recht zu bekommen; man möchte also bedenkenlos rundweg alles plattmachen, was über
lange Epochen der historischen Entwicklung
tapfer, unerschrocken und überaus mühselig
aufgebaut worden ist. Selbst nach der Wie-
dereinführung der Folter und der Todesstrafe
wird deswegen lauthals gerufen, wo doch jede
anständige Meise heute bereits eine simple,
dreckige Denunziation wegen angeblicher
Ungerechtigkeit, deutlich vorgeschobener
Parteilichkeit, lauthals vorgehaltener Pflichtvergessenheit, öffentlich vorgeworfener Wür-

merprovokation oder gar sexueller Nötigung bei den nach schnellen, billigen, aber sehr wirkungsvollen Verdächtigungen, Anschuldigungen und Denunziationen geradezu lechzenden Katzen fürchten muss!

Wir verstehen jetzt: So gesehen sind das sorgfältig eingehaltene, fürsorgliche Abstandnehmen und das vorsorgliche Abstandeinhalten durch den integralen Wurmfortsatz eine ganz persönliche Wohltat für die Meise und zudem eine äußerst wichtige und vielleicht sogar juristisch relevante Notwendigkeit, zumindest aber ein recht angenehmes und fast freundlich zu nennendes Entgegenkommen seitens eines wachsamen Wurmausschusses. Ist es nicht so? Dies wäre überdies der vielleicht einzig richtige Weg zu einem gesunden Schlaf ohne all die sublimierten Ängste, ständigen Befürchtungen, traumatischen Erinnerungen, absurden Gedankenkapriolen und kaum verdrängten Katastrophen, also zu einem Schlaf ohne Albträume, wenn Sie so wollen. Wenn auch die Meise aus verständlichen Gründen nicht selber Abstand nehmen kann, zumal nicht äußerlich und vor

allem nicht für jedermann ersichtlich, so
distanziert sie sich dergestalt doch immerhin
von der kompletten Wurmheit als Ganzem.

Und genau das tut sie denn auch vorsätzlich
und mit Bedacht, also durchaus vorsorglich,
sogar mit einer gewissen, ungewollten Rück-
sichtnahme und somit richtig ungewohnt takt-
voll, wenn auch nicht reinen Herzens und
arglosen Sinnes, wie man als positiv den-
kender Beobachter jetzt fälschlicherweise
gutgläubig vermuten möchte. Doch ihr, also
der gesamten Wurmbüchse als solcher, sieht
man diese ganz offensichtliche Reserviertheit,
also dieses demonstrative Distanzbedürfnis
jederzeit nach, denn bei ihr ist diese überaus
bedachtsame, abständische Haltung durchaus
verständlich und in einem gewissen Sinne
sogar schlüssig: Sie kann es sich überdies
leisten, ihre ganze Ignoranz offen herum-
zutragen, laufend damit anzugeben und auf-
zutrumpfen und somit nicht nur allen ihre
äußere, sondern auch noch ihre innere Verkommenheit stolz herzuzeigen; sie kann es
sich sogar offen erlauben, ihr grenzenloses
Desinteresse mehr als deutlich an den Tag zu

legen und ihre abgrundtiefe Abscheu öffentlich zur Schau zu stellen, denn das gehört
einfach zum guten Ton. So liegen die Dinge.

Die Meise selber müsste diesbezüglich ja
immerhin noch eine gewisse meisische An-
teilnahme heucheln, müsste zumindest ein
bescheidenes meisisches Interesse andeuten,
müsste zudem jederzeit ein vorgegebenes
meisisches Leistungssoll vorweisen oder zumindest ein korrektes, meisisches Pflichtbewusstsein vorzeigen können und an den Tag
legen; das erwartet das grundsätzlich amei-
sische Komplettprotektorat nun mal von ihr,
ohne jede Vorwarnung übrigens, auf Kommando gewissermaßen, sogar im Angesicht
einer jeden analphabetischen Katze – es ist
kaum zu glauben.

Im Verlaufe einer unfreiwilligen Unternehmung wie dieser geht dieses künstlich auf-
gesetzte Pflichtbewusstsein allerdings erfah-
rungsgemäss immer mehr als gründlich in die
Binsen, das steht längst fest, denn die Meise
verliert in diesen schrecklichen Augenblicken
ihrer Existenz ihre mehr oder weniger an-

vertrauten und zumindest theoretisch, also
wenigstens auf dem Papier noch vorhandenen
Ansprechpartner und aufgezwungenen De-
monstrationsobjekte, nämlich die mehr als
deutlich distanzierten Würmer selber; sie
muss froh sein, wenn sie wenigstens ihre eigenen Wünsche und überhaupt ihre persönlichen Bedürfnisse irgendwie andeuten kann,
denn sie verliert im Verlaufe dieser bemü-
henden Zeiten rundweg alles an allfälligen,
privaten Ansprüchen und muss sich damit
abfinden, dass während einer beliebigen Unternehmung sämtliche gutgemeinten Vorsät-
ze, aber auch alle Abmachungen und Absichten einfach außer Kraft gesetzt sind und außer
Kraft gesetzt bleiben.

Hier und jetzt herrscht nur noch das totale
Chaos, und nichts anderes sonst, denn das
Gewohnheitsrecht oder zumindest dessen
kümmerliche Überreste, also das hergebrach-
te Tun und Lassen oder allenfalls das frag-
mentarische Treiben, das noch übriggeblieben
ist, die üblichen Verhaltensmuster also, sie
gelten eigentlich nur noch unter kaum noch
existenten regulären Bedingungen und unter
kaum noch als „gewöhnlich" zu bezeich-

nenden Voraussetzungen. So liegen die bedauerlichen Dinge. Auch deshalb ist die Meise jetzt durchaus froh, dass ihr der Wurmfortsatz nicht ständig an der Schürze hängt und an den Sohlen klebt, dass er ihr nicht fortwährend auf die Pelle rückt oder sie mit völlig sinnlosen Anschuldigungen, krassen Lügen, idiotischen Behauptungen, offenen Drohungen und versteckten Erpressungsversuchen löchert. Ganz außer Zweifel steht zudem, dass allfällige An- und Nachfragen sowieso restlos überflüssig wären; solcherlei würde ja längst nur noch pro forma gestellt, bestenfalls in gekonnter, rhetorischer Rabulistik, um nötigenfalls einen gewissen Anschein von Korrektheit aufrecht zu erhalten. Sie könnten im Übrigen jederzeit sofort wieder vergessen und verdrängt werden, denn sie erheischen nicht einmal den Anflug einer Antwort. Ein Wurmausschuss würde ja gar nicht erst hinhören, wenn korrekt und angemessen geantwortet würde, kaum hätte er eine dieser rein mechanischen Fragen an die Meise gestellt, Fragen überdies, die von brüllender Banalität, schreiender Ignoranz und kreischender Imbezillität nur so strotzten. Was sollte die Meise auf kalkulierten Stumpfsinn schon antworten? Jegliche Antwort wäre noch überflüssiger als die blödsinnigste Frage selber; das wissen beide Seiten ganz genau. Fragen zu beantworten steht deshalb schon lange nicht mehr im Programm einer Meise; die Meise selber macht längst nur noch kurz angebunden äußerst vage Angaben in höchst unvollständigen Halbsätzen, in meist in der Mitte abgebrochenen Imperativsätzen, in belanglosen Resten von halbherzig angefangenen Konsekutivsätzen und in überaus schütteren Trümmerteilen von an sich simplen Interrogativsätzen. Diese nur noch bruchstückhaften Signale der Kommunikation müssen aber den diesbezüglich völlig anspruchslosen Würmern reichen, und sie reichen ihnen auch in all ihrer inhaltlichen Bescheidenheit – in der Regel. Alles andere wäre zuviel, wäre zuviel des Guten, wäre viel zu viel, wäre bare Verschwendung und reinste Überforderung und bliebe ihnen zudem sowieso rundweg unverständlich, das heißt, alles andere würde die Würmer nur sinnlos überraschen und zudem unnötig belasten, würde sie deshalb misstrauisch werden lassen, würde sie vielleicht sogar abschrecken und bestimmt gleichzeitig überfordern, wie so vieles andere auch, was, nur nebenbei angedeutet, postwendend nichts als unnötigen Stress und endlosen Ärger für die Meise mit sich brächte, nur weil auch Überflüssiges von den Würmern vielleicht sogar zu Recht als klare Provokation angesehen würde. „Sie hat uns wieder provoziert", würden sie später in ihrer ganzen Unlauterkeit stur behaupten und stumpfsinnig murmeln, nachdem sie die Meise mit ihren Baseballschlägern erbarmungslos totgeschlagen hätten, genau so, wie sie diesen unumkehrbaren Vorgang bereits unzählige Male im Fernsehen gesehen haben, oder das würde ihnen zumindest ausreichen, um nächtens straffrei fremde Autos zu zerkratzen, Pneus zu zerstechen, Briefkästen anzuzünden, vor den Hauseingang zu scheißen, Blumenrabatten zu zertrampeln, Türen aufzubrechen oder Scheiben einzuschlagen, wenn nicht gar mehr, was Katzen übrigens in der Regel mit Häme „geschieht der blöden Meise ganz recht" quittieren würden. „Sie hat es ja selber so gewollt", würden sie angewidert behaupten, und „Sie hat es nicht besser verdient."

Die geistige Überforderung beginnt übrigens schon sehr früh und kennt bekanntlich keine untere Grenze, sowohl bei den Würmern nicht, als auch, vielleicht etwas überraschend, bei den Katzen nicht, und zwar erstaunlicherweise in exakt demselben Ausmaß. Man kann da nur noch staunen. Sie kennt auch keine Alters- und Geschlechtergrenzen, auch keine Zeitlimite, noch soziale Schranken, denn wenn man das Katzenprotektorat über einen längeren Zeitraum beobachtet, versteht man bald einmal, warum den mentalen, also intellektuellen Möglichkeiten sowohl von Würmern, als auch von Katzen meist brutale Grenzen gesetzt sind. Man versucht als vorsichtige Meise gar nicht erst, an diesen natürlichen Beschränkungen jemals zu rütteln; man wahrt voller Einsicht lieber vorsorglich Abstand zu diesem bedauerlichen und bedenklichen Phänomen. Die Meise geht in dieser Frage sogar so weit, dass sie die geistigen Kapazitäten der Katzen in einem deutlich bescheideneren Rahmen sieht als diejenigen des diesbezüglich in ihren Augen noch nicht einmal sonderlich geschädigten, also verdorbenen Wurmausschusses. Das ist durchaus verwunderlich und für einige neutrale Betrachter möglicherweise nur schwer verständlich, zumal Katzen ja zumindest theoretisch auf einen ganz anderen Lebenshintergrund und somit auf eine viel längere Lebenserfahrung zurückblicken können, als die diesbezüglich doch noch völlig unausgegorenen Würmer, wie man durchaus vermuten möchte. Die Meise argwöhnt gar, dass auch dies früher ganz anders gewesen sein mag, aber sie ist sich hierüber nicht sicher: Ihre abgrundtiefe Abneigung bezieht sich nicht nur auf die ganz erstaunlich eng gefassten geistigen Möglichkeiten eines ganz durchschnittlichen Katzentums in seiner plakativen, katzoïden Ameisigkeit, sondern rundweg und unumwunden auf die ganze Katzenheit schlechthin, auf die Katzenhaftigkeit generell, also auf die Katzen insgesamt, im durchaus selben Maße übrigens, wie natürlich auch auf die Wurmheit als solcher, auf das Wurmtum in seiner weniger als nur beschränkten Wurmhaftigkeit, also auf die hoffnungslos glotzendegenerierten und definitiv TV-infantilisierten Würmer insgesamt und schlechthin; das versteht sich von selbst. So gesehen, kann, darf und muss hier gar nicht erst von einem „fehlenden objektiven Urteil", von einem „allzu subjektiven Empfinden" oder gar von einer „krassen persönlichen Fehleinschätzung" gesprochen werden; das können Sie gleich vergessen, das ist rhetorischer Schmarren. Die Meise und die Würmer haben somit, obschon sie sich beide gegenwärtig durchaus in derselben Unternehmung befinden – was für Außenstehende überhaupt nicht offensichtlich zu sein braucht, wie wir bereits dargebracht haben – tatsächlich nichts miteinander zu tun, noch haben sie ganz grundsätzlich etwas gemein. O nein! Niemand käme allein aufgrund der widersprüchlichen Erscheinungsformen und des asozialen Fehlverhaltens seitens der Würmer auf die mehr als absurde Idee, zwischen den beiden offensichtlichen Gegensätzlichkeiten einen wie auch immer gearteten Zusammenhang herstellen zu wollen, denn sowohl optisch, als auch akustisch, und selbstverständlich auch biologisch-morphologisch, sind das zwei völlig anders definierte Organismen, zwei ganz gegensätzlich programmierte Körperschaften und zwei absolut unterschiedlich konzipierte Welten von geradezu gegensetzlicher Wesenhaftigkeit und von entgegengesetzter Art, ganz zu schweigen von all den rein anatomisch-taktilen Unterscheidungen und all den übrigen ornithologisch-genetischen, morphologisch-tektonischen oder neurobiologisch-funktionalen, also generell phänomenologischen und auch ideellen Unvereinbarkeiten und Unversöhnlichkeiten – nebst allen ethischen und moralischen Gegensätzlichkeiten und Inkompatibilitäten, die wahrhaftig nicht größer sein könnten. Ja, selbst die idioplasmatischen Inegalitäten lassen sich nicht verheimlichen, noch verbergen; das steht längst fest.

Und wenn wir jetzt auch noch die Katzen als solche hinzuziehen, dann haben wir es hier tatsächlich mit drei ganz offensichtlich völlig gegensätzlichen Welten zu tun, mit dem teuflischen Dreieck nämlich, deren friedvolles Zusammengehen mehr als fragwürdig ist und offenbar auch mehr als fraglich bleiben muss, wenn Sie verstehen, was alles an wahrer Dramatik und anderer Emotionalitäten damit gemeint ist.

Immer wieder dreht sich also die Meise im
Gehen um, nur um sich zu vergewissern, dass
ihr der Rest des bedauerlichen Unternehmens
überhaupt zu folgen vermöchte, falls er ihr
denn überhaupt folgen möchte. Eine merk-
würdige Art und Weise, sich fortzubewegen,
muss man als skeptischer Außenstehender
und stiller, doch verwunderter Beobachter
dazu anmerken, und eine bemerkenswert um-
ständliche Methode, sich den durchwegs bescheidenen Lebensunterhalt zu verdienen, in
der Tat! Es besteht absolut keinerlei optisch
auffällige Verbindung zwischen den beiden
so gegensätzlichen Teilen, auch nicht auf
einer eher unverbindlichen Meta-Ebene, weder biologisch, wie gesagt, also artentypisch,
noch konzeptionell oder gar intellektuell,
auch nicht strukturell, genetisch oder prinzipiell – nicht einmal finanziell und generell
oder auch nur klassenspezifisch und histo-
risch – keineswegs. Besonders aber der große
Altersunterschied deutet auf keinen schlüssigen Zusammenhang zwischen Würmern und
der Meise hin, so dass füglich davon aus-
gegangen werden kann, dass in der derzei-
tigen, also laufenden Unternehmung tatsäch-

lich zwei völlig unvereinbare Elemente von denkbar größter Gegensätzlichkeit unterwegs sind, und dies unter der Ägide eines wiederum ganz gegensätzlichen und zudem auch noch ständig abwesenden Katzenprotektorats.

Es ist dies eine strukturelle Dreipoligkeit, deren gegenseitige Berührung sich schon rein elektrophysikalisch verbietet, denn die tripolare Abstoßung ist nur allzu deutlich sichtbar und heute sogar sprichwörtlich; man befindet sich gegenwärtig auf einem zentralen und somit sehr belebten Gehsteig, den der Wurmfortsatz hemmungslos in seiner ganzen Breite nutzt und belegt und dadurch die vielen anderen gefiederten Passanten auf sehr unangebrachte Weise behindert, bedrängt und natürlich auch bedroht, wie schon erwähnt, oft sogar die angrenzende Fahrbahn in ihrer Gänze belegend und deshalb auch den dichten, innerstädtischen Straßenverkehr hemmend, aber auch und nicht zuletzt sich selber gefährdend, leichtsinnig, unsinnig und blödsinnig, wie der Wurmausschuss nun mal in seiner ganzen, deutlich zur Schau gestellten, wurmartigen Gedankenlosigkeit und wurm-

haften Unzuverlässigkeit ist, während sich
unsere sichtlich besorgte Meise um die Fortsetzung des absolut inadäquaten, intranspa-
renten und inkonsequenten Geschehens in seiner sich laufend selber zersetzenden Zusam-
menhangslosigkeit kümmern muss.

Das ist wahrlich keine leichte Aufgabe und
durchaus kein nachahmenswertes Unterfan-
gen, denn die einmal widerwillig angefangene
und mehr als unfreiwillig fortgesetzte Unternehmung muss zwingend weitergehen, trotz
aller hermann-burgerschen Nebelhaftigkeit,
denn vom Nebel sollen wir angeblich lernen,
nicht vom Leben! Genau dies wird denn auch
von der Meise imperativ verlangt und auch
demonstrativ erwartet: Der dichte Nebel als
Lebenselixier. Niemand fragt indessen nach
dem Sinn und dem Zweck des Ganzen, noch
nach einem schlüssigen Grund, auch nicht
nach Bedeutung und Inhalt der gegenwärtigen
Unternehmung. Bewahre! Wir haben es hierbei – und das dürfen wir niemals außer Acht
lassen – mit einer durchritualisierten Sinnlosigkeit, mit einer verstaatlichten Gerate-
wohligkeit und mit einer umfassend insti-

tutionalisierten Bedeutungslosigkeit ohnegleichen zu tun. Würde die arme Meise zum Beispiel unvermittelt aufgeben, würde sie sich jetzt stillschweigend in die nächstgelegene Bar verziehen wollen, um, sagen wir mal, daselbst forsch ein scharfes Getränk zu bestellen, natürlich nur für sich selber und nur um sich endlich zu beruhigen und zu sammeln, um sich angemessen zu konzentrieren und vielleicht sogar um sich zu stärken oder um sich ganz einfach in ihrer verständlichen Mut- und Trostlosigkeit auch nur etwas Mut oder Trost anzutrinken, und sei dies nur aus einem mehr als dringenden Bedürfnis nach befreiendem Unmut heraus, würde sie also der ganzen Unternehmung überraschend den Rücken kehren wollen – etwas, was sie jetzt mit Bestimmtheit und mit größter Gewissheit am liebsten täte – dann müsste sie anschließend unausweichlich mit den allergrößten Beschwernissen rechnen, und zwar gleich für ihr ganzes, restliches Leben. Pflichtvergessenheit! würde das Todesurteil lauten, und der versammelte Katzenchor würde lauthals Jubilate! Jubilate! singen.

Unzulässige Behinderungen und unangebrachte Verschlimmerungen stünden alsbald und umgehend an, nichts weniger als das. Erschwerungen und Einschränkungen, Verschärfungen und richtige Verheerungen! Und nicht nur dies: Sie müsste gar um ihr Leben fürchten! Um ihr ganzes Dasein! Um ihre bescheidene Vogelhaftigkeit! Um ihre eigene Artenvielfältigkeit! Um ihre originale Meisitüde! Die unerbittlichen Katzen nähmen ihr diese flagrante Pflichtverletzung jedenfalls sofort sehr übel, das steht längst fest, mehr als übel sogar, freudvoll übel und gewiss mutwillig übel in ihrem ganzen Übelnehmen, und sie würden ihr zudem unüberhörbar und unübersehbar deutlich machen können, dass dieser schandbare Akt der schreiend akuten Verantwortungslosigkeit, diese in flagranti pflichtvergessene Ungeheuerlichkeit so nicht hingenommen werden könne. So nicht! Niemals! Nicht unter ehrbaren Katzen! Nicht zum Preise eines mittleren Einkommens in aller Mittelständigkeit und Mittelmäßigkeit und eines unbeschwerten Alters! „Nie und nimmer!" würden sie empört aufschreien. „Da kennt selbst unser ausgewogener Sozialstaat seine natürlichen Grenzen!" würden sie entrüstet ausrufen, und alsbald würde die ganze Denunziationsmaschinerie mächtig in Gang kommen; man würde Berichte verfassen, Auskünfte erteilen, allerlei Unterlagen beilegen und mitliefern, Anklagen erheben, Referate in geschlossenem Kreise halten und nächtens anonym herumtelefonieren, dass die Drähte nur so glühten. Die triumphierenden Katzen gäben in ihrer ganzen Häme, also in ihrer angeborenen Rachsucht, in Verbindung mit ihrer plakativen Rechthaberei, offensichtlichen Schadenfreude, offenbaren Sturheit und prinzipiellen Unnachgiebigkeit der armen Meise sogleich mehr als nur deutlich zu verstehen, dass eine derart krasse und derart schreiende, also rundweg unentschuldbare Verfehlung unausweichlich schlimme und schlimmste Folgen nach sich zöge, und sei es nur deshalb, weil dieser noch nie dagewesene, empörend drastische Frevel meisenseits in aller Beharrlichkeit unausweichlich, also zwingend drastische Nachwehen, also folgerichtige Folgen haben müsse, weil er unabwendbar nach strengen und strengsten Unausweichlichkeiten geradezu schrie.

Gerade diese strikte, stringente und strenge
Verurteilung einer unentschuldbaren Verfehlung wäre im komplizierten Selbstverständnis
der hocherfreuten Katzen absolut konsequent,
denn diese mehr als nur fahrlässige Nach-
lässigkeit und unentschuldbare Leichtsinnig-
keit meisenseits verlange ja geradezu nach
„harten, aber gerechten" Maßnahmen der
konsequentesten Art und der allerkonsequen-
testen Weise, würden sie stur und trium-
phierend behaupten. Diese angeblich unum-
gänglichen Konsequenzen fielen, um es deutlich zu sagen, für die Meise in der Tat geradewegs verheerend aus; ihre soziale Sicherheit wäre mit einem Schlag dahin, das kost-
spielige soziale Netz endgültig zerrissen, aller
Schutz im Eimer, die Meise abschließend
erledigt und ihre Zukunft unwiderruflich dahin. Sie stünde mit einem Mal völlig unver-
schuldet vor dem existenziellen Nichts.

Solcherart wären also die mehr als deut-
lichen Drohungen seitens einer stets nur
künstlich, doch nachhaltig aufgebrachten Katzenwelt, welche die Meise unausweichlich zu

vergegenwärtigen hätte. Man kann sich füglich darüber etwas wundern, nicht wahr, doch leichthin darüber hinwegzusehen darf man sich hierbei gewiss nicht erlauben, denn für unsere geplagte Meise steht immerhin gleich die ganze bescheidene Meisenexistenz auf dem Spiel, wie übrigens für jede dusselige Meise überhaupt, die in der Regel nichts von alledem kapiert, was um sie herum abgeht, während für den Wurmausschuss und selbstverständlich auch für das Katzenprotektorat überhaupt nichts auf dem Spiele stünde, niemals, nicht einmal etwas so Banales wie eine Abwahl oder ein Ausschluss, was eine Katze beträfe, oder eine Relegation, was einen Wurm belangte, wie eine Verurteilung, der gute Ruf oder das öffentliche Ansehen überhaupt – und schon gar nicht die persönliche Zukunft oder gar einschneidende finanzielle und soziale Konsequenzen. Vergessen Sie das. Dermaßen ungerecht und unausgeglichen sieht es nämlich aus, muss man dazu sagen, derart ungleich sind die Gewichte verteilt, muss man dazu verbittert anmerken, denn so überaus unschön sind die Lebensvoraussetzungen für die geplagte Meise ganz bewusst und aus unterschiedlichen Gründen mit Nachdruck ausgearbeitet, kann dazu nur kummervoll festgehalten werden.

Da haben wir den wunden Punkt, da liegt der Kern der Sache. Das allzeit schadenfrohe Gewürm selber ist sich dieser pikanten Sachlage natürlich sehr deutlich bewusst, geradezu genießerisch bewusst, kompensatorisch bewusst jedenfalls, fast neidvoll bewusst, wie natürlich auch das unlautere Katzenprotektorat in seiner ganzen Verlogenheit und Verkommenheit, versteht sich, und es nützt diese versteckte, aber durchaus nützliche Vormachtstellung und diesen systemimmanenten und überaus praktischen Vorsprung denn auch weidlich aus, versteht sich, spart nicht mit spitzen Bemerkungen oder gar mit ausgesprochen hämischen Kommentaren, auf die besonders in der schadenfreudigen Katzenwelt zu später Stunde in gemütlicher Runde beim letzten Umtrunk oder aber an den Mittagstischen zu Hause üblicherweise mit einem kurzen, doch ausnehmend dreckigen Lachen reagiert wird. Man pflegt die verdutzte Meise jeweils offen und genüsslich darauf hinzuweisen, dass sie ja ohne weiteres auch als Magazinerin im Warenhaus arbeiten könne, als Regalauffüllerin im Einkaufszentrum, als Kühltruhenbetreuerin im örtlichen Supermarkt, als Staplerfahrerin im Lagerhaus eines Großhandels-Konzerns oder auch nur in den Kühlräumen des Schlachthauses, oder aber als Getränkelageristin im Großverteiler, wenn nicht gar als Frittenkocherin in der Schnellimbissbude an der Ecke, oder aber bestenfalls als Toilettenreinigerin in der Autobahnraststätte, lauter verschmähte Arbeiten also, die vorzugsweise von sozial Randständigen aller Art für ein ausnehmend geringes Entgelt ausgeführt werden müssen. Kurz, auch ein nur durchschnittlich uninformierter Wurm weiß genau, dass er die Meise mit diesem vernichtenden Argument in der Hand hat und jederzeit locker erpressen kann, spielerisch locker sogar, sozusagen mit nichts, wie beiläufig und natürlich juristisch unbelangbar und gesetzlich unbehaftbar, das ist klar. Eine saubere, völlig ungefährliche Sache. Somit bestehen das ungeschriebene, aber geltende Gesetz und folglich auch der eiserne Modus vivendi in der Regel nur darin, dass a) die

ganze ungeliebte Unternehmung genau wie
vorgesehen, also ohne Widerrede durchgeführt und somit stur durchgezogen, also knallhart abgespult wird und dass b) alle drei
Kontrahenten ohne jede weitere Erklärung zu-
verlässig so tun, als sei alles bestens geregelt
und deshalb völlig in Ordnung, was übrigens
durchaus der örtlichen Gepflogenheit und
dem nationalen Usus entspräche, dass c)
danach, also nach der Unternehmung, niemand kritische Bemerkungen oder gehässige
Kommentare Dritten gegenüber äußern darf
(„Das muss unter uns bleiben. Das kommt mir
nicht ins Protokoll.") und dass d) deshalb
nichts nach außen sickern soll, noch unab-
sichtlich aus dem geschlossenen Kreislauf
gelangen könnte, sofern von Seiten der Wür-
mer- oder der Katzenwelt aus den verschie-
densten Gründen und gegensätzlichsten Moti-
ven nicht ein gewisser Bedarf nach öffentli-
cher Anerkennung bestünde, und dass e)
später keinerlei Konsequenzen beiderseits angedroht werden müssen, dürfen oder können,
noch jemals angedroht werden sollen, so die
natürlich unausgesprochene, also stillschwei-

gende, aber immerwährend gültige Abmachung.

Das erübrigt sich übrigens von selbst, wenn
diese Bedingungen allseits strikte eingehalten
werden. Was sie meistens tun. O ja! Das tun
sie! Im Idealfall läuft eine Unternehmung
deshalb absolut kommentarlos ab, und die
diesbezüglich sachliche und fachliche Kommunikation beschränkt sich auf ein durchaus
erträgliches Minimum, das heißt: Sie ist de
facto inexistent, denn weder spricht die Meise
mit den Katzen über das Unternehmen, noch
wenden sich diese mit einer Frage oder mit
einer Bemerkung an selbige, noch mischen
sich die Katzen zuvor oder danach in irgend-
einer Weise – und sei es nur gesprächsweise!
– in eine vergangene oder zukünftige Unternehmung ein. So etwas tut man einfach
nicht, weil natürlich niemand freiwillig in ein
Wespennest stechen will, und somit ist jedermann einverstanden und mit dieser Null-
information völlig einverstanden und zufrie-
den. Selbstverständlich halten auch die Würmer klug den Mund, sei es gegenüber den
Katzen oder auch nur im Angesicht der Meise,

auch wenn sie die Unternehmung und alle ihre pikanten Einzelheiten untereinander, also nur unter sich, durchaus zur Sprache bringen mögen – immer in sehr abschätziger und deutlich abwertender Weise, versteht sich; der verächtliche Ton ist immer derselbe.

Zwischen den Katzen und der Meise, zwischen den Katzen und den Würmern, sowie zwischen der Meise und den Würmern sollen definitiv, wissentlich und willentlich unüberwindliche Abgründe klaffen, die eine wie auch immer geartete, geformte und geprägte, vielleicht sogar halbwegs funktionierende Kommunikation gleich von vorneherein schlichtweg verunmöglichen sollen. Solcherart ist es zwischen den drei so unterschiedlichen Kontrahenten unausgesprochen ausbedungen, also stumm abgemacht, wortlos übereingekommen, schriftlos festgehalten und stillschweigend akzeptiert. Daran halten sich ausnahmlos alle, und genau das ist denn auch, wie schon gesagt, der ganz gewöhnliche, allgegenwärtige und deshalb übliche, korrumpierte Fall, das heißt, der praktische Idealfall einer jeden abgeschlossenen Unternehmung.

Es ist indes nicht so, dass dieser unausgesprochene Idealfall in der Praxis völlig theoretisch und deshalb unerreichbar bliebe oder gar bleiben müsste, dies gewiss nicht; die Meise kann sich an nicht wenige Unternehmungen erinnern, die völlig fehlerfrei und makellos, also ohne jede Kommunikation, Kompensation oder Komplikation haben durchgezogen werden können, zur Zufriedenheit aller Würmer und aller Katzen, also absolut ohne jeden gedanklichen Austausch, ohne jede gemeinsame Planung, ohne jede vorangegangene Absprache und, vor allem, ohne jede unternehmensinterne Vorbesprechung. Das waren gewissermaßen vorbildliche, also einwandfreie und darum geradezu vollendete Unternehmungen, denn genau so sieht heutzutage eine moderne Unternehmung zumindest in den Augen der Katzenwelt aus, und so muss man sich auch als unbeteiligter Beobachter eine rundum vollkommene Unternehmung heute vorstellen: als ein Unternehmen, das nichts zu reden gibt, weder vorher, noch während der Unternehmung selber, noch nachher. Je weniger man davon hört, desto besser ist es in den Augen aller gelaufen. Man will nichts wissen und atmet gerne auf.

Konzeptlosigkeit, Sinnlosigkeit und Ziellosigkeit als drei erstklassige Voraussetzungen, und Kommunikationslosigkeit als einzige echte Vorausbedingung für ein problemloses Gelingen einer unausweichlichen Unternehmung der untersten Ordnung oder der primitivsten Gattung, also der untersten Schublade, wenn man so will, eine Unternehmung jedenfalls, die niemand angefordert, noch jemals herbeigewünscht und selbstverständlich auch niemals in Frage gestellt hätte. Davon lässt jedermann tunlichst die Finger; man rührt nicht gerne an Unsagbarkeiten, Unannehmlichkeiten, Unvorhersehbarkeiten und an allerlei Unwägbarkeiten. Auch diese Voraussetzung lässt sich übrigens aus der demonstrativ ablehnenden Körperhaltung des integralen Wurmausschusses ganz deutlich herauslesen, denn selbige signalisiert der Meise während einer ganzen Unternehmung nichts anderes als abgrundtief ausgelebte Abneigung, sowie grenzenlose Verachtung und uneingeschränkten Widerwillen. Diese abgrundtiefe Ablehnung äußert sich überdies im absichtlichen Verzögern, im steten Ausweichen, im ständigen Umgehen und Überspringen, sowie in rundweg allen laufenden, offenen und versteckten Straftaten, kurz, in der gesamten, überaus routinierten Kleinkriminalität der ganzen Wurmitüde generell, sprichwörtlich im Vorbeigehen begangen oder im Fluge ausgeübt, stets hinter dem Rücken und somit auch im Schutze der nicht ganz ahnungslosen Meise, wie wir inzwischen vermuten dürfen. Doch die unausgesprochene Abmachung zwischen der Meise und dem Gewürm beinhaltet unter anderem auch absolute Verschwiegenheit, und zwar in ausnahmslos allen Dingen, sowie demonstrative Ahnungslosigkeit in allen praktischen Fällen oder Annahmen von durchaus denkbaren polizeilichen Verhörmethoden oder auch nur von behördlich angeordneten, meist aber harmlosen Rundumbefragungen und statistischen Erhebungen, selbst bei Untersuchungen unter subtilster Psychofolter, also genau so, wie es vor allem das Katzenprotektorat von der Meise erwartet, denn auch die Katzenwelt gibt sich im Zweifelsfalle ahnungslos bis einsichtslos, genau so, wie es die gesamte Wurmheit mit größter Selbstverständlichkeit seit jeher gelassen vorgeführt hat. Nur so ließe sich plakative Empörung glaubhaft darstellen, falls es entgegen allen Erwartungen jemals zu Folgekonflikten käme. Man bleibt in der Praxis moderat vorsichtig und gibt sich jeweils gerne etwas bedeckt; das ziemt sich, das gebührt sich, das reimt sich, das macht sich gut und das gehört sich vielleicht sogar – auch in den strengen Augen des gesamten Protektorates. Ganz nebenbei kaschieren die Wendigsten unter den Katzen damit praktischerweise auch noch ihre komplette, also lückenlose Ahnungslosigkeit.

Gesetzt der Fall, etwas ginge schief: Der ehrlichen Entrüstung wäre kein Ende. Es würden Sitzungen über Sitzungen in Form von strengen Verhörseancen durchgeführt und strikte Befragungsorgien abgehalten, es gäbe kilometerlange Protokolle in aller Ausführlichkeit, es müssten ellenlange Briefe voller öffentlich geäußerter Erwartungen, allgemeiner Andeutungen, behördlich abgesegneter Mutmaßungen und versteckter, persönlicher Vermutungen in möglichst unverfänglichem und nicht behaftbarem Stile geschrieben werden; es würden zudem als weiteres Druckmittel bestimmt Unterschriften gegen die Meisenexistenz von Haustür zu Haustür gesammelt werden, und es könnten unter Umständen sogar hasserfüllte Petitionen von aufgebrachten Katzenmassen eingereicht werden, so dass die gedemütigte Meise bald einmal nicht mehr ein noch aus wüsste. Man kann sich als Außenstehender das schreckliche Ausmaß einer derart emotional gefärbten Aufregung in der Katzenwelt gar nicht richtig vorstellen, und es überrascht selbst die durchaus erfahrene Meise immer wieder von Neuem, wie weit Heuchelei und Verstellung, Falschheit und sichtbare Verschlagenheit, Heimlichtuerei und Hinterhältigkeit, Verlogenheit und Gemeinheit, sowie Heimtücke und Bösartigkeit auch eines nur ganz unterdurchschnittlichen, ganz gewöhnlichen Katzenprotektorates gehen können, und wieviel überhaupt generell gelogen, betrogen, beleidigt und verleumdet, diffamiert und diskreditiert werden darf, bis es endlich allen deutlich

auffällt und deshalb selbstentlarvend und ei-
gentorig wirken könnte und folglich vielleicht
sogar kontraproduktiv wäre, denn es wird ja
zu guter Letzt rundum immer so getan, als
hätten nicht die ahnungslosen Katzen die
heimtückische Meise, sondern die verschlage-
ne Meise die gutgläubigen Katzen belogen
und betrogen und als hätte die abgrundtief
böse Meise die völlig harmlosen und unbe-
scholtenen Würmer beleidigt und misshandelt
– und nicht umgekehrt. Es ist wirklich nicht
zu fassen.

Wie bitte? Haben wir richtig gelesen? Wie
kann das nur sein? Kann man Tatsachen so
krass verdrehen? Kann man die Situation
auch unter erwachsenen Katzen so weitrei-
chend und nachhaltig verfälschen? So unver-
froren manipulieren? Die Antwort lautet: Ja,
man kann, und zwar leichterdings und leich-
terhand, leichtfüßig und leichtgängig, geradezu leichtfertig und leichthin, leichtherzig und
leichtfüßig insgesamt und völlig unbehelligt,
völlig unangefochten und völlig ungehindert.

Für uns Unbeteiligte steht indes fest: Die Meise allein ist das bedauernswerte Opfer, das unter äußerst zweifelhaften, ja, sehr bedenklichen Arbeitsvoraussetzungen und rundweg unzumutbaren Lebensbedingungen wie in einem antiken Dramolett still und einsam vor sich hin leiden muss. Sie, die Meise, wird geplagt und gedemütigt, nicht die Katzenwelt oder gar die Würmerwelt! Halten wir das ein für allemal fest! Doch das interessiert keine Sau, davon kann man getrost ausgehen; nicht eine einzige Katze kümmert sich jemals darum, und rundweg niemand möchte das auch nur von ferne einsehen wollen, weil es einfach nicht ins Konzept passt und auch nicht den Gesetzen der Macht der Gewohnheit folgt, noch entspricht. Somit bleibt die Wahrheit unausweichlich auf der Strecke, und wie so oft interessieren gerade Fakten absolut niemanden, überhaupt nicht, ganz im Gegenteil!

Dies tun sie auch in diesem Falle niemals, denn Tatsachen bleiben stets unerwünscht. Sie wären einer allgemeinen, öffentlichen und rundum gefälligen Empörung nur hinderlich, wären einer gepflegten Entrüstung gar nicht

dienlich und zudem all den wilden würmischen und kätzischen, also generell ameisischen Behauptungen ganz offensichtlich und
offenkundig diametral entgegengesetzt. Ausgerechnet die nackten Tatsachen würden somit nur für unerfreuliche Missverständnisse,
für unerwünschte Fehlschlüsse, für sehr unangebrachte Rückfragen oder gar ganz generell
für unnötiges Unverständnis sorgen. Das will
niemand riskieren, so wenig wie eine unab-
hängige Untersuchung, versteht sich. Man ist
ja nicht blöd, und man will sich nicht unnötig
auf die Äste hinaus begeben – Sie verstehen.
So aber haben die Katzen das öffentliche
Verständnis leichterdings auf ihrer Seite, und
zwar immerzu und überall, haben die öffentliche Zustimmung sogar langfristig für sich
gepachtet, genau wie ihre Legitimität, denn es
tut immer wieder gut, recht zu haben und auch
mit Bestimmtheit zu wissen, dass man recht
hat, also zu wissen, dass man auf der richtigen
Seite der Gesellschaft steht und somit das
geltende Recht richtiggehend wohltuend an
seinem eigenen Körper verspürt, nicht nur
dem eigenen Ruf und dem eigenen gesell-
schaftlichen Ansehen zuliebe. Es hilft der

Selbstbestätigung, dem Selbstverständnis, der Selbstbefriedigung und somit auch der Selbstgefälligkeit ganz enorm, und bei manch einer frustrierten Katze ersetzt das allgemeine und weit verbreitete Rechthaben sogar die persönliche Sexualität, munkelt man verhalten, wie so oft in solchen Fällen.

Ja, öffentliches Ansehen und vor allem gesellschaftliche Anerkennung ersetze bei den Katzen durchwegs den lästigen Geschlechtstrieb an und für sich, hört man allerorten munkeln und flüstern, so wie eindeutige Machtpolitiker ihre ganze sexuelle Befriedigung allein aus ihrer eindeutigen Machtfülle holen. Unter gewählten Katzen wird der persönliche Geschlechtsverkehr somit generell zur nahezu vernachlässigbaren Nebensächlichkeit. Das ist überdies sehr praktisch und wirkt in der Regel ausnehmend aufheiternd und aufmunternd, hoffnungsschimmernd und richtig ermutigend, denn oft ist ja die radikale Umkehr und finale Abkehr von geschlechtlichen Verpflichtungen aller Art der Anfang zu einem neuen und weiteren Katzenleben, von denen Katzen ja insgesamt

sieben haben. Für die Katzenzukunft ist also
in jedem Falle gesorgt, nicht aber für die
Meisenzukunft! Die Meise müsste nämlich,
um an dieser Stelle endlich all die Darle-
gungen zusammenzufassen, allein mittels ihrer eigenen Köperhaltung deutlich ihre Ablehnung signalisieren können, zumindest im selben Maße wie die Würmer, die ja eigentlich
gar nichts abzulehnen oder anzunehmen
haben. Selbige wollen doch die freudlose
Unternehmung auch möglichst schnell und
schadlos durchziehen, komplikationslos ab-
wickeln und klaglos überstehen können; das
liegt ihren Interessen naturgemäß am nächsten. Deshalb bestehen sie sogar darauf, die
Kontakte und die Kommunikation auf ein
Minimum zu beschränken.

Sie wollen indessen nicht auf das aktuelle
Unternehmen verzichten müssen, und dies
nur aus einem einzigen Grund: So kommen
sie für einen Tag oder sogar für einige Tage
aus dem Kontrollbereich ihres privaten und
persönlichen Katzenprotektorats, verlassen
somit mindestens jedes Jahr ein- oder gar
zweimal ihre angestammte Wurmbüchse, ihr
Ghetto, bestenfalls dreimal, alles in allem,

denn einzig und allein diese kurzen, an sich
bedeutungs- und wirkungslosen Unterbrüche
zählen bei ihnen etwas; einzig diese kurz-
fristigen, kosten-, anspruchs- und folgenlosen
Abwechslungen vom ungeliebten Alltag rechnen sich für sie füglich, einzig diese simple,
meist allerdings nur kurzzeitige Befreiung
vom täglichen Kleinkram und den üblichen,
langfädigen Auseinandersetzungen mit ihrem
eigenen, schnell einmal genervten Katzenprotektorat gibt für sie etwas her, einzig die
zeitweise Entlastung vom mehr als nur ver-
hassten Einerlei bringt ihnen eine schnelle
Erholung, die kurzfristige Distanzierung von
der täglichen Tretmühle einer als nahezu
tödlich empfundenen Eintönigkeit des würmischen Daseins an sich und von der gnadenlo-
sen Einförmigkeit eines ganz banalen, lang-
weiligen, also uninspirierenden, völlig unfil-
mischen und deshalb absolut ungeliebten
Wurmlebens in seiner ganzen Kümmerlich-
keit und Ausweglosigkeit, das sich, allein als
solches, bestimmt nicht mit den schreiend
bunten MTV-Sequenzen, den wilden Schie-
ßereien unter Gangstern, den properen TV-
Spots für teure Produkte aller Art, den üppi-

gen Pornodrehs, den blutrünstigen Killersze-
nen, den gerissenen Music-Clips, den absch-
eulichen Foltersequenzen aus Gruselfilmen
und Politsendungen, den Ratespielen für Un-
terentwickelte, den sauber, also immerzu blu-
tig ausgeführten Kriegsszenen und all den
anderen, irrwitzigen Arschlochsendungen all
der heftig konkurrierenden Fernsehstationen
für entwicklungsunfähige Analphabeten, für
eindeutig Debile und für hoffnungslos infan-
tile Vollhonks vergleichen lässt und die sich
den gelangweilten Würmern gegebenenfalls
als willkommener Vergleich oder als zeitweise gesuchte Referenz anbieten.

Die Unternehmung als solche hat somit
überraschenderweise doch noch eine versteckte, weil völlig unvorhergesehene, aber
ganz vitale Funktion. Das weiß die Meise sehr
genau; sie muss sich indes zu Recht immer
wieder fragen, was denn ausgerechnet sie
damit zu tun habe, warum sie selber, also sie,
die Meise, sich damit beschäftigen müsse und
weshalb ausgerechnet sie damit beauftragt
sei, eine verhasste Unternehmung dieser Art
konkret und möglichst korrekt durchzuführen

und nicht, sagen wir mal salopp, das Katzenprotektorat selber, das ja eisern und uneinsichtig auf der jährlichen Durchführung einer solch beschissenen Unternehmung beharrt. Sie empfindet sich bei der ganzen Angelegenheit gewissermaßen als unschuldig verurteilt, denn sie hat wirklich nichts damit zu tun, absolut nichts, und sie möchte auch ausdrücklich nichts damit zu tun haben, noch jemals etwas damit zu tun gehabt haben, und zwar niemals; sie will vor allem nicht in üble und übelste Dinge hineingezogen werden, die sie gar nichts angehen, mit denen sie nichts zu tun hat, noch jemals zu tun haben will und von denen sie persönlich gar nichts wissen möchte, noch ganz offiziell etwas wissen kann, denn sie kennt natürlich das verfängliche Dilemma, den gefährlichen Konflikt und die perfide Absurdität längst ausführlich und in allen vertrackten Einzelheiten: Der ganze würmische Dreck, der ganze kätzische Schlick, der ganze unternehmerische Unsinn als solcher, also der ganze gesellschaftliche Schrott, der ganze unsoziale Mist, der ganze historische Scheißdreck, der ganze kulturelle Abfall, der ganze juristische Schlamm, der

ganze ethische Müll und der ganze moralische
Schutt sind ihr gegen ihren ausdrücklichen
Wunsch und auch gegen ihren erklärten Will-
len aufgedrängt und aufgehalst worden und
mehr als nur geläufig, leider, muss man
bedauerlicherweise hinzufügen und gleich
anschließend zusätzlich auch noch recht
säuerlich und deutlich verdrossen betonen:
leider. Doch unternehmerisch gesprochen
bleibt die Meise undifferenziert, dazu auch
noch völlig unspezifiziert, undiversifiziert
und unintensiviert, folglich auch ineffizient
und indifferent, und dies sogar zwingend;
zudem ist ihre latente Führungsschwäche
offensichtlich und selbst ihr offenkundig.

Aber die Katzenwelt sieht grundsätzlich nur
das, was sie sehen will; das ist ehernes Gesetz,
und die Meise nimmt deshalb längst an, dass
die Katzen aus psychomechanischen Gründen
bestenfalls nur das Wenige sehen können, das
zu erkennen und zu verstehen sie überhaupt
imstande sind, und das ist eindeutig nur reiner
Zivilisationskitsch, nur abgestandener Kultur-
schrott und zudem nur hinterletzter Gesell-
schaftsversatz, also nichts Besseres als stau-

biger Schutt, wie gesagt, nichts als dreckiger Mist, nichts als stinkender und verfaulter Schlamm, übler Dreck, muffiger Müll und klebriger Schlick der widerlichsten Art. Nur solcherlei passt in ihr persönliches Erkennungsschema; man mag es bedauern und beklagen – oder eben nicht: Es bleibt dabei.

Hinzu kommt in all den Katzenbirnen unausweichlich viel als politische Propaganda verhüllte Reklame, als Publicity getarnte Werbung, als Reklame verdeckte Publicity und als Werbung verborgene Propaganda, als in populäre Unterhaltung gehüllter Ideologieversatz und vor allem als in schmissigen Spots versteckte, längst abgestandene Politwerbung der übelsten Sorte, dazu auch noch etwas billige und unerträglich sentimentale Schlagerkonfitüre, oft in Verbindung mit viel patriotischem Kompost und völlig mumifiziertem Heimatgetue, peinlichem Selbstbeteuerungsmist und ideell längst hoffnungslos verrottetem Wir-Gefühl, überflüssigerweise oft auch noch untrennbar verbunden mit einer richtig widerlichen, unsagbar banalen und völlig verblödeten Unser-Blut-unser-Boden-

unsere-Heimat-Saumseligkeit, also etwas gar
viel arge und ärgste Stammtischphilosophie,
im Wechsel mit überaus lächerlichen Seifen-
opern und Schlagerschmonzetten aller Art,
mit enorm peinlichen Schnulzendramoletten,
deutlich rechtslastigem Gedankenversatz aus
der blühenden Nazizeit, unerträglich religiö-
sem Abfall, hanebüchenem Arbeitgeberver-
schnitt und natürlich immer wieder stark ver-
setzt mit längst abgestandener, stinkender
Regierungspropaganda – eine einzige Qual,
eine einzige Schmerzlichkeit, eine einzige
Krampfaderigkeit.

Die Meise kennt das mittlerweile aus der
Nähe und im Detail, aus eigener Anschauung
gewissermaßen, und sie kennt auch das tiefe
Niveau dieser peinlichen Bekenntnisse und
glaubensmäßig vorgetragenen Bekennungs-
orgien aus mehr als langjähriger Erfahrung
und unumgänglicher Praxis, und somit kennt
sie das saumselige Heimatgetue zur Genüge;
bis obenhin satt hat sie sowas Unfruchtbares,
sowas Abgestandenes und sowas Rückstän-
diges bis zum Erbrechen. Längst hat sie es
zudem aufgegeben, den banalen Alltagshori-

zont eines ganz gewöhnlichen Katzenprotektorats auf die eine oder andere Weise be-
einflussen, erneuern oder gar erweitern zu
wollen; dieses hoffnungslose Ansinnen wäre
nichts als lächerlich, und all die gutgemeinten
Belehrungen würden bestenfalls als plumpe
Anmache missverstanden werden, schlimm-
stenfalls als subversive Attacke, die subito
gemeldet werden müsste.

Insgeheim vermutet sie immer noch arg-
wöhnisch, dass die Katzen eigentlich genau
Bescheid wüssten, wenn sie denn überhaupt
jemals Bescheid wissen möchten. Doch selbst
wenn dies so wäre, könnte das Protektorat in
seinem ganzen Selbstbetrug gewiss nicht über
seinen eigenen Schatten springen, noch jemals springen wollen, oder, genauer: Gerade
deswegen könnten die Katzen nicht über ihren
eigenen Schatten springen, denn was nicht
sein darf, soll auch nicht sein können, selbst
dann nicht, wenn das Unaussprechliche vor
aller Augen geschähe, wenn es somit für alle
völlig unmissverständlich und offensichtlich
wäre. Vor allem genau dann soll nimmer sein
dürfen, was vom eigenen Fleisch und Blut

ausginge, falls die Anschuldigungen direkt gegen die eigene Brut gerichtet wären, versteht sich. Gerade selbige muss gegen alle denkbaren Vorwürfe und undenkbaren Anwürfe rigoros geschützt und vor allen Beschuldigungen behütet werden, koste es, was es wolle. Das geht schnell einmal und sogar locker bis zur vollständigen Wirklichkeitsverneinung, bis zur absurdesten Wahrheitsabweisung, bis zur halsstarrigsten Tatsachenverdrehung und somit bis zur umfassenden Selbstverleugnung, und blieben bei diesem geradezu überkätzischen Kraftakt, bei dieser geradewegs überpsychischen Kraftanstrengung die eigene Selbstachtung und das eigene, schittere Selbstwertgefühl einfach auf der Strecke, wie so oft. Das wäre ja nichts Neues.

Auch dann kennen die Katzen kein Mitleid; selbiges spielt ausgerechnet in solchen Fällen jeweils plötzlich keine Rolle mehr. Man redet einfach nicht mehr darüber, man denkt nicht einmal mehr daran, man vergisst möglichst schnell und unauffällig und geht rasch zu Erfreulicherem über, zum Beispiel zu ausnehmend guten Bewertungen und Benotungen

der Würmer, die in Wirklichkeit lachhaft ge-
türkt sind, zu quasi bestandenen Prüfungen,
die in Wahrheit gar nie stattgefunden haben,
zu angeblich erfolgreich abgeschlossenen me-
dizinischen Behandlungen, die in Wirklichkeit zu gar nichts geführt haben, gerne auch
zu peinlich aufgebauschten sportlichen Erfol-
gen, die tatsächlich gar keine sind, nicht einmal annähernd, oder zu offensichtlich gefäl-
schten Zeugnissen, Testaten und ähnlichem
Kleinkram: Einzig daran erfreut sich das kätzische Herz, daran kann sich das Katzentum
so richtig erquicken, und nur daran kann sich
die gesamte Katzenheit arglos erlaben!
Nackter Selbstbetrug als medizinisches Al-
lerwelts-Heilmittel. Was denn sonst? Ein unbeteiligter Beobachter kann an dieser Stelle
nur noch staunen. Zu Recht übrigens. Auffallend bei dieser üblen Sache ist indes, dass
der überaus unruhige Wurmausschuss in seiner Gänze – und zwar rundweg jeder Wurmausschuss in seiner ganzen, offensichtlichen
Desintegralität und nahezu täglich ausgeleb-
ten Gesetzlosigkeit – ein sehr verunsicherter
und vor allem ruheloser, unsteter Haufen ist,
ein inexplizit ratloser und explizit orientie-

rungsloser zudem, bedingt durch den mehr als augenfälligen individualpsychischen Entwikklungsrückstand von jeweils mehreren Jahren und bald darauf Jahrzehnten, eine mental sehr konfuse und auch emotional deutlich zurückgebliebene, vielleicht längst erlahmte Biomasse, die im Einzelfall grundsätzlich und vor allem ganz offensichtlich zu permanenter Hilflosigkeit neigt; kein einziger nüchtern analysierender Wurmiater, kein einziger unbefangener Katzograph, kein einziger kenntnisreicher Ornithologe und auch kein einziger unabhängiger Unternehmensobservator oder neutraler Veranstaltungslanalytiker könnte dies jemals bestreiten wollen.

Genau diese notwendige Überlegung ist es, welche die Meise jetzt überaus misstrauisch werden lässt, denn immer wieder muss sie sich grundsätzlich fragen: Was hat das restliche Gewürm vor? Was könnte sein bescheidenes Restvorstellungsvermögen beschäftigen? Was mag soeben in seinen verdorbenen Denkmechanismen ablaufen? Was plant es? Worüber spricht es sich ab? Kurz: Was führt es im Schilde? Es ist in den letzten Minuten nämlich deutlich hinter die Zehn-Meter-Marke zurückgefallen, hat sich also ganz absichtlich zurückfallen lassen, ist sozusagen aus dem Windschatten der Meise getreten und steht jetzt, wie bereits dargestellt, mitten auf dem Gehsteig und tuschelt, nuschelt und wuschelt angespannt vor sich hin; es sieht ganz danach aus, als ob es sich uneins wäre und als ob es sich sogar leise, aber heftig stritte. Das ist kein gutes Zeichen, muss sich die besorgte Meise sofort sagen, gleich aufs Höchste alarmiert, nein, ganz und gar nicht; ein tuschelnder Wurmausschuss ist eindeutig noch nie ein gutes Zeichen gewesen!

Mit dem Rücken zur Meise wird unterdessen emsig gemauschelt und unablässig gebauschelt; es wird hastig verhandelt und gleichzeitig ganz unüblich getändelt, gebandelt und verhändelt. So etwas kann indes nimmer gut kommen, noch gut werden, nein, diese Mischung stinkt zum Himmel; das kennt die Meise mittlerweile. Ständiges Abseitsstehen und Abseitsgehen, einerseits demonstrativ Gleichgültigkeit und sogar heftige Apathie mimend, wenn nicht gar ostentatives

Gelangweiltsein, und anderseits überaus geschäftig und durchaus unerwartet wortgewandt im Wurmverband wispernd und flüsternd, tuschelnd und zischelnd, mauschelnd und bauschelnd, muschelnd und wuschelnd: Genau so und nicht anders kündigen sich üblicherweise alle gängigen Wurmkatastrophen an.

Verständlicherweise ist die Meise sofort aufs Höchste beunruhigt, denn wie sollte sie unter solch bedrohlichen Umständen und unter solch bedenklichen Vorzeichen nicht augenblicklich unter Hochspannung stehen, gerade jetzt, da doch offensichtlich wird, dass sich die Würmer nicht an die ungeschriebene Abmachung halten, die unmissverständlich besagt: „Die Meise schreitet im Verlaufe einer Unternehmung relativ zügig, aber stillschweigend voran und unbeteiligt forsch vorneweg, und es folgen ihr zügig und geschlossen in angemessenem Abstand und in angepasstem Schritttempo die vollständigen Würmer." Nein, keine Spur mehr davon.

Der halbe Wurmausschuss, also diejenige
Hälfte, die vom Wurmganzen jetzt noch übrig
geblieben ist, hat sich bereits so weit zurückfallen lassen, dass die Meise nur noch um die
nächste Ecke zu gehen braucht, um ihn endgültig und wohl für immer aus den Augen zu
verlieren. Was ist also los? Die Meise hält
verärgert und unmutig inne, dreht sich wieder
einmal ungehalten um und wartet angespannt
und bereits sehr ungehalten und angestrengt
auf die Fortsetzung der Geschichte. Doch der
Ausschuss macht keinen Wank. Er lässt sich
nun mal nicht drängen und täuschen, noch
zwängen und in seinen üblen Absichten stö-
ren, und zwar niemals, denn er hat soeben eine
wichtige Besprechung. Geschlossene Gesellschaft, Sie verstehen. Es wird – jedenfalls von
hier aus gesehen, also von bereits rund dreißig
oder vierzig Metern Abstand aus gesehen –
ungewohnt heftig argumentiert, ganz unüblich lamentiert und fast schon verzweifelt
Überzeugungsarbeit in diesem typischen Tu-
schelton geleistet; es wird rundum intensiv
eingeredet und ausgeredet, gut zugeredet und
auch eindringlich in Abrede gestellt, also
sichtlich entgegnet, alles im sich mehrfach

überschlagenden, überstürzenden Flüsterton
von latent Wortbrüchigen wie in einer fest
verschlossenen, dunklen Wurmbüchse und
eingedenk der Tatsache, dass viele der Würmer ihren Stimmbruch noch vor sich haben
oder soeben mittendrin stecken, doch gleichzeitig fühlt sich niemand in flagranti ertappt –
das denn doch nicht.

Das demonstrative Ausweichen, Hinterge-
hen und Abseitsstehen hat nämlich durchaus
seinen Sinn, seinen Zweck und seine Methode, und selbige erweisen sich sogar als ungewohnt effizient, denn es wird jetzt emsig
behauptet und widerlegt, eifrig bewiesen und
relativiert, es wird lebhaft begründet und immer wieder gestenreich auseinandergesetzt
oder empathisch dargelegt, es wird mehrfach
eindringlich bekräftigt und ausdrücklich be-
teuert, und es wird, immer noch stimmbrüchig
wispernd, wortbrüchig tuschelnd und laut-
brüchig flüsternd, sehr stur auf spürbar wak-
keligen Positionen beharrt, bei gleichzeitiger
und hartnäckiger Suche nach allfälligen Ver-
bündeten und Gleichgesinnten, allenfalls nach
geeigneten Ausflüchten und sauberen Aus-

wegen aus nicht vorgesehenen, noch voraus-
sehbaren, also erwarteten Sackgassen.

Der Wurm an sich funktioniert jetzt erst
richtig, weiß die Meise längst, denn jetzt erst
läuft er ordentlich rund, jetzt erst hat er seine
richtige Betriebstemperatur, seine geeignete
Drehzahl und sein breitestes Drehmoment-
band erreicht, denn er ist endlich als Meister
der Ausflüchte in seinem eigenen, also in
seinem wahren und in seinem einzigen Ele-
ment angekommen, mit dem wachsamen, ge-
schärften Blick im dunklen, vieldimensio-
nalen Dickicht seines überaus beweglichen,
ja, richtig kontorsionistischen Verhandlungs-
geschicks.

Die Meise wartet denn auch unerwartet ge-
duldig auf eine baldige Entscheidung, auf einen schnellen Entschluss oder auf eine rasche
Verfügung, welche den Wurmausschuss endlich wieder in Bewegung zu setzen vermöchte
und die überaus mühselige Unternehmung zu
guter Letzt wieder weiterbringen würde, aber
es bleibt ihr in der Tat nichts anderes übrig als
zu warten, denn sie spürt verletzend genau,

dass sie gar keine andere Wahl hat: Sie hat hier nichts zu melden und nichts zu bestellen.

Unschlüssig ist die Meise also wiederum stehen geblieben; zögernd blickt sie zurück, zaudernd wartet sie und überlegt verärgert, was jetzt allenfalls zu tun wäre, falls etwas getan werden sollte und falls überhaupt etwas getan werden könnte. Müsste sie den Würmern letztendlich mitten auf dem Gehsteig eine Szene machen, mitten im Gewimmel und Gewusel all der unaufmerksamen ornithologischen Passanten, vor all den unbeteiligten Müßig- und Fremdgängern, zwischen all den gleichgültigen Fuß- und Spaziergängern, mitten im dichten Stoßverkehr all der eiligen Sumpfbiber, Sumpflibellen, Sumpfdotterblumen und Sumpfschildkröten, mitten unter den stets pressanten Sumpfnattern und Sumpfkrokodilen, zwischen hastig nachdrängenden Sumpfgräsern, Sumpfmuscheln und Sumpfhühnern, umgeben von wankenden Sumpfsäufern, zögerlichen Sumpfottern und sichtlich faulen Sumpfkröten, im strammen Gleich- und Taktschritt mit flutenden Sumpfläufern, Sumpfmeisen, brütenden Sumpfrohr-

dommeln und bekackten Sumpfzypressen?
Müsste sie jetzt eventuell gar brüllen und
toben und womöglich auch noch ziellos Ohr-
feigen austeilen, wie man das früher, in
weitaus glücklicheren Meisenepochen, hem-
mungs- und bedenkenlos getan hätte? Müsste
sie sich vollends der Lächerlichkeit preisgeben, müsste sie sich endgültig öffentlich bloß-
stellen und würden all die völlig unbeteiligten
Laufvögel auf dem belebten Gehsteig so etwas überhaupt bemerken wollen? Würden sie
gar zum Vergnügen und ganz im Sinne des
belustigten Ausschusses empört eingreifen
müssen? Würde danach das hellauf empörte
Protektorat von ihrem unangemessenen und
völlig würdelosen, handgreiflichen Eingreifen fasziniert zu Gehör bekommen? Bereits
spätestens tags darauf? Würde überhaupt jemals jemand etwas von ihrem geradezu
mikroskopisch minablen Wutausbruch mitbe-
kommen können? Wäre an dieser Stelle ein
ausgewachsener Wutausbruch überhaupt angemessen? Wäre er ihr zumutbar und auch
zuzumuten? Wäre er ihrer überhaupt würdig?
Würde sich die geplagte Meise damit nicht

gleich selber unfreiwillig und unnötigerweise der allgemeinen Lächerlichkeit preisgeben?

Sie schaut sich unschlüssig um. Noch nie ist sie sich derart überflüssig vorgekommen, empfindet sie plötzlich in einem wahren Anfall von verbitterter Hoffnungslosigkeit, und noch nie hat sie sich von ihrer Aufgabe derart angewidert unangenehm berührt gefühlt, behauptet sie jetzt sich selber gegenüber, überdies reichlich beschönigend, wie wir in der Tat vermuten dürfen, doch wie um sich zu entschuldigen und somit zu entschulden. Sie kann nicht einmal sagen, was sie gegenwärtig als schlimmer, also als unerträglicher, als unwürdiger und somit als schandbarer empfände: 1. die sinnlose Unternehmung, 2. ihre eigene hoffnungslose Lage, 3. die unberechenbaren Würmer oder, etwas später, also 4. die zu erwartende, heftige und absolut ungerechte Reaktion eines bis an die Grenzen des Erträglichen aufgebrachten Katzenprotektorats. In ihrer ganzen Unschlüssigkeit wendet sie sich jetzt einfach angewidert und angeekelt vom ganzen Geschehen ab, fast schon gleichgültig und betont geistesabwe-

send, und schaut sich scheinbar unbeteiligt die
überaus aufschlussreichen Auslagen eines
kleinen Waffengeschäfts an, vor dem sie zu-
fällig stehengeblieben ist.

Plötzlich interessiert sie sich für all die
praktischen, sehr handlich wirkenden, aber
vor allem optisch recht eindrücklichen Hand-
feuerwaffen, die das Schaufenster anmutig
schmücken. Besonders die fetten Brummer
mit den dicken, kurzen Läufen haben es ihr
angetan, die großen Kaliber also, denn gerade
diese schweren Schießprügel faszinieren sie
durch ihre unaufdringliche, ja, fast dezente
Endgültigkeit. Eine solche Waffe hat unübersehbar eine überaus imponierende Aura, denn
all diese doch sehr elegant und durchaus
gediegen wirkenden Werkzeuge der nach-
drücklichen Vernichtung sehen tatsächlich
entschieden definitiver aus als, sagen wir mal,
ein großes Küchenmesser, ja, sie sehen sogar
so ultimativ aus, als seien sie nicht nur
schlichtweg perfekte Auf- und Abräumer,
sondern auch virtuose Produkte einer eher
unauffälligen, aber ausnehmend soliden und

vor allem stabilen Industrie mit wahrhaft durchschlagender Wirkung.

Die Meise fragt sich einerseits, wer denn so etwas Definitives überhaupt benötige, also kaufen und allenfalls auch tatsächlich benutzen würde, warum, wofür und wozu, doch anderseits ist sie sich sofort im Klaren, dass sie sich mit einer solcherart Aufsehen erregenden Waffe einem jeden denkbaren und undenkbaren Wurmausschuss gegenüber augenblicklich zum finalen Durchbruch verhelfen könnte, und zwar auf der Stelle, ohne ein unnötiges Wort verlieren zu müssen, ohne sich unnötigerweise wiederholen zu müssen, ohne überhaupt die Stimme erheben zu müssen, ja, ohne auch nur mit der Wimper zu zucken. Das hat entschieden etwas Anziehendes, findet sie, jetzt wirklich stark beeindruckt; da ist tatsächlich etwas dran, das hat seine ganz eigene Faszination; soviel muss die Meise durchaus entzückt eingestehen. Eine solch fette Wumme wäre eindeutig das ultimative, meisische Durchsetzungsvermögen schlechthin; sie brauchte dem Gewürm nur wortlos und kurz, aber deutlich mit der eindrücklichen Waffe zu winken, womöglich ohne überhaupt durchgeladen oder den Hahn gespannt zu haben. Sie würde damit sehr diskret und wirklich nur ganz kurz in der Luft herumfuchteln, und gleichzeitig, also noch rechtzeitig, gewissermaßen auf der Stelle und sogar im Nu wären alle überflüssigen Diskussionen, alle üblichen Einwände, alle offenen Widerstände, alle langwierigen Reklamationen und alle üblicherweise sehr frechen Bemerkungen und schamlosen Entgegnungen vom Tisch gewischt, im Vorbeigehen sozusagen, wie von Geisterhand mit einem einzigen Wisch weggewischt. Für immer und ewig. Mit einer kurzen, knappen Geste hätten sich alle lästigen Proteste und alle unverschämten Beschwerden auf der Stelle und wie auf Kommando von selbst erledigt und wären definitiv ausgelöscht und aufgelöst, und alle denkbaren Probleme einer jeden durchschnittlichen Meise wären schwuppdiwupps begraben und würden bestimmt nimmer wiederkehren. Ein wahrhaft faszinierender Gedanke: So ein schwerer Ballermann mit schönem Griff aus erlesenem Walnussholz, Bruyère,

Palisander oder Rosenholz, eingesetzt als
deutliche und anerkannte Führungsbeihilfe
und praktische Durchsetzungsbegleitung in
einem, schnell zur Hand und deshalb rasch
behändigt, und die ganze, leide Unternehmung liefe auf der Stelle wie ein warmes
Messer durch die Butter, flösse wie weicher
Honig aufs Brot, glitte wie auf Kufen auf
einer spiegelglatten Eisbahn dahin und sähe
fortan ganz bestimmt keinerlei Hindernisse,
keinerlei Behinderungen, keinerlei Störungen
und keinerlei Widerstände mehr, nie mehr,
nirgendwo, nimmerdar. Himmlisch.

Diese unerwartete Vorstellung allein ist in
den Augen der geplagten Meise viel schöner
als alles, was sie sich puncto Unternehmen
jemals ausgedacht hat oder ausgedacht haben
könnte; sie ist für die Meise geradezu be-
rauschend schön. Sie beginnt sogar, die Preis-
schilder zu vergleichen und stellt dabei überaus befriedigt fest, dass sie sich eine derart
wirkungsvolle Handfeuerwaffe als Argumen-
tations- und Führungsbeihilfe ohne weiteres
leisten könnte, ohne einen namhaften finan-
ziellen Einbruch in ihrem sorgsam gehegten

Haushaltsbudget erleiden zu müssen. Das ultimative Durchsetzungsvermögen läge gewissermaßen in Griffweite, nur durch eine Schaufensterscheibe und ein paar unbedeutende Schritte von ihr getrennt; die finale Lösung all ihrer hängigen Probleme stünde sofort zu ihrer freien Verfügung! Unglaublich faszinierend! Warum ist sie nicht schon früher darauf gekommen?

Inzwischen ist auch der restliche Wurmausschuss überraschend verschwunden, spurlos und restlos, ist tatsächlich unerwartet wie vom Erdboden verschluckt, in Bruchteilen eines Zwinkerns nur. Verblüfft und sprachlos dreht sich die Meise nach allen Seiten um: Er ist schlicht nicht mehr da! Er ist einfach weg! Er hat sich diesmal nicht nur ein gutes Stück zurückfallen lassen, wie man durchaus erwarten könnte, nein, er ist diesmal gleich angemessen verschwunden! Einfach weg! Mühelos verschwunden! Schon sieht sich die Meise alleine und geschlagen nach Hause zurückkehren, unterlegen, besiegt, erledigt, gedemütigt und abschließend vernichtet, weil ohne die vertrackten Würmer, dafür mit der überschweren Last ihrer unfreiwilligen Verantwortung, mit der unerträglichen Bürde ihrer ganzen Verantwortlichkeit, mit der nahezu unlösbaren Fessel ihrer ungeliebten Zuständigkeit, ihrer notgedrungen von außen aufgebürdeten Verpflichtungen und zudem ihrer unabwendbaren Haftbarkeit. Bereits sieht sie sich am Ende ihrer restlos misslungenen Laufbahn angekommen und lässt sich in Gedanken von einem aufgebrachten Mob bereits teeren und federn, lynchen und hängen, erschießen und erwürgen, ertränken und verbrennen, rädern und vierteilen, lebendig vergraben und verlochen, und sie fühlt auch schon, wie das ganz und gar unklassische und somit völlig unelegante Drama seinen unerbittlichen Lauf nehmen wird, wie es gesetzmäßig seinen unausweichlichen Gang gehen muss, längst vorausgesagt, angekündigt und vielleicht sogar vorausbestimmt, und zwar bis zu seinem bitteren Ende, lauter aneinandergereihte, fiese Einzelheiten bis zum Erkennen der einen, wahren und einzigen Wahrheit, bis zur klassischen Katharsis also und somit bis zu ihrer, der armen Meise endgültiger Vernichtung.

Ein bittereres Gefühl als das gibt es nicht.
Sie macht sogar unwillkürlich einige zaghafte
und unentschlossene Schritte zurück, nur um
besser nachsehen zu können, ob sie richtig
gesehen habe, ob der verdammte Ausschuss
wirklich und wahrhaftig einfach verschwunden sei, ob er vielleicht nicht doch noch
irgendwo bei harmlosem Tun zu entdecken
wäre, ob er möglicherweise nicht doch wieder
völlig unbeschwert auftauchen könnte, ob er
nicht doch unversehens um eine Hausecke
schwenke, fröhlich plaudernd, ganz unbekümmert lachend, wie wenn nichts geschehen
wäre. Doch nein, da ist nichts, nicht die Spur,
nichts von alledem, kein verdammter Wurm
weit und breit, einfach nichts. Wo kurz vorher
noch der halbe, unablässig intrigierende
Wurmklüngel herumgestanden hat, gehen
jetzt die einheimischen Sumpfvögel in
Scharen achtlos vorbei, die Strandläufer und
Stelzvögel, all die Hangbrüter und Platz-
hocker, sowie die Großfußhühner, die Nest-
brüter und die Entenvögel.

Die Vogelwelt könnte allein auf diesem bedeutungslosen Stück Gehsteig nicht unter-
schiedlicher und reichhaltiger ausfallen, die
gesamte Ornithologie nicht vielfältiger, bun-
ter und gegensätzlicher sein, kurz, die gesamte Vogelheit in ihrer ganzen biologischen
Unschuld geht soeben achtlos vorüber, das
unbetroffene Vogeltum schlechthin, die
unzuständige, bescheuerte Ornithologie nahezu als Ganzes, jetzt aber ohne dabei einem
bedrohlichen Würmerhaufen ausweichen zu
müssen, lauter unscheinbare Stadtgänger,
Sing-, Zier- und Zugvögel, Urkiefer- und
Neukiefervögel, allerhand Schreitvögel und
Ruderfüßler, Röhrennasen und Seetaucher,
Säbelschnäbler und Regenpfeifer, sowie vie-
lerlei Lauf- und Flughühnchen, Höhen- und
Steppenläufer, Greif- und Mausvögel, Segler
und Racken, Faul- und Glanzvögel, Tyrannen
und Ammern, Mücken- und Bienenfresser,
Bürzelstelzer und eklige Fettschwalme, ner-
vige Schreivögel und seltene Maorischlüpfer,
die allesamt allerdings mit ganz anderen
Dingen beschäftigt sind, als mit der müßigen
Frage, wohin die idiotischen Würmer von
vorhin denn verschwunden sein könnten, und

was der ratlosen Meise jetzt zu empfehlen wäre, versteht sich, denn die Meise ist ihnen rundweg scheißegal.

Wir erkennen erneut: Die Meise bleib immer alleine, auch und sogar in Gesellschaft der Würmer. Hat sich das Gewürm spontan in ein nahes Warenhaus begeben, dessen Eingänge von hier aus nicht zu sehen sind und von dessen Existenz die Meise nur auf Grund einiger billiger Firmenwimpel und kitschiger Firmenschilder an einer nichtssagenden, schmutzig kahlen und fensterlosen Fassade höchstens eine vage Ahnung hat? Sie muss sich jetzt gezwungenermaßen solcherlei abseitige Fragen stellen, denn auf einmal kann sie sich angenehmere Fragen gar nicht mehr aussuchen, noch selber ausdenken, geschweige denn die passenden Antworten dazu auswählen. Das kann sie sich gar nicht mehr leisten, denn harte und härteste Fragen werden ihr unvermittelt und ab sofort mit äußerst brutaler Macht von außen aufgedrängt, aufgezwängt und aufgedrückt, unaufgefordert aufgenötigt und überaus beharrlich eingetrichtert werden, lauter existenzielle Fragen

wie: Wo ist der verdammte Wurmausschuss
hin? Was führt er im Schilde? Worauf wird
das Ganze hinaus laufen? Wie soll es jetzt
weitergehen? Geht es überhaupt noch weiter?
Oder kommt es zum Totalgau? Steht ein
Supercrash bevor? Wo und wann wird dieses
Chaos überhaupt jemals enden? Wer trägt
dafür die Verantwortung, und wer wird die
Konsequenzen zu spüren bekommen? Na,
wer wohl?

Dies sind in der Tat sehr unangenehme
Fragen, und noch unangenehmer werden die
Antworten ausfallen, dessen können wir ver-
sichert sein. Zudem ist das ein überaus
druckvolles, doch absolut unerwünschtes Gefühl der Machtlosigkeit, das einer armen und
unschuldigen Meise eigentlich gar nicht zuzumuten, noch würdig wäre, findet eine
aufgebrachte Meise voller aufrichtiger Empörung und ehrlicher Entrüstung, ganz abge-
sehen davon, dass sie derlei Garstiges gar
nicht verdient hat. Sie ist nun wirklich
konsterniert. Ist es ihrem ornithologischen
Status überhaupt angemessen, die vielen La-
dengeschäfte und großen Warenhäuser der

näheren und weiterer Umgebung absuchen zu müssen, treppauf, treppab, oder all die knirschenden Aufzüge und schleifenden Rolltreppen nutzend, Einkaufszentrum um Einkaufszentrum aufmerksam abschreitend, die ein derart unverlässlicher Wurmfortsatz zwecks gemeinschaftlich und vorsätzlich zu begehender Plünderungs-Raubzüge unerwartet aufgesucht haben könnte?

Diese überaus beliebten, gemeinsam sorgfältig und taktisch geschickt vorbereiteten und somit gut eingespielten Raub- und Plünderungsfeldzüge in allzu offenherzige Warenhäuser, allzu freizügig konzipierte Einkaufszentren und wehrlose Klamotten- und Elektronikfachgeschäfte einer fremden Stadt, wo die vielen Überwachungskameras ihre Gesichter noch nicht automatisch zu erkennen vermögen, wo ihre Namen, Adressen und vielen Vorstrafen noch nicht registriert und jederzeit abrufbar sind, wo ihre Fingerabdrücke noch keinesfalls gespeichert wurden und wo ihre biometrischen Daten bis hin zur Genanalyse noch nicht einmal abgeholt werden können, sind eine alte Spezialität eines

jeden Wurmausschusses: Während die einen
flink die Szene checken, das Personal ablen-
ken, die anwesende, zutiefst erschrockene
Kundschaft bedrohen, bestehlen und vertrei-
ben und die verzweifelten Verkäuferinnen mit
absolut sinnlosen und völlig unverständlichen
Fragen in sehr bruchstückhaften Fremdspra-
chen bombardieren, um derart ihre offenbare
Ahnungslosigkeit und somit ihre offensichtliche Harmlosigkeit zu demonstrieren, räu-
men die andern flink die Regale leer.

Oder die einen machen Krawall im Geschäft, krakeelen lauthals herum und richten
in aller Eile eine Sauordnung an, während die
andern unauffällig Schmiere stehen und die
dritten in den Umkleidekabinen in aller Ruhe
die neuesten Fummel in den schreiendsten
Farben und in den passenden Größen an-,
über- und unterziehen, nachdem sie alle Etiketten für die Kassen, alle elektronischen
Chips, Knöpfe und Streifen und alle sonstigen
versteckten Erkennungssignale für die Alarm-
anlagen bei den Eingängen mit ihren stets
mitgeführten klappbaren Kneifzangen, gebo-
genen Pinzetten, kräftigen Drähten, passen-

den Dietrichen, kleinen Schraubenziehern, starken Magneten und spitzen Stellmessern sorgfältig entfernt, ausgeschaltet oder vernichtet haben. Darin ist der gesamte Wurmfortsatz mit der Zeit enorm geschickt geworden und bislang nahezu unerreicht geblieben, immerzu der sicherheitstechnischen Entwicklung weit voraus. Er kann es sich heute sogar erlauben, in der geräumigen Umkleidekabine, als exklusive, also freundschaftliche Zugabe für die Betriebskrähe, also für den gelangweilten Hausdetektiv in seinem engen, verwichsten Kabäuschen mit den vielen kleinen Monitoren, allein zur Ablenkung einen flotten Quickie im Stehen durchzuziehen, allenfalls einen kurzen, schnellen Hand- oder Blowjob fürs Heimkino des pickeligen Wichsers, denn ein durchschnittlicher und ganz gewöhnlicher Plünderungsfeldzug dauert in der Regel nicht länger als ein paar Minuten, und wenn das Geschäftspersonal endlich etwas gemerkt hat und vor den ausgeräumten Regalen entsetzt Alarm schlägt, sind die Würmer verständlicherweise längst über alle Berge. Zurück bleiben nur eine große Unordnung in den Gestellen und auf den Regalen, einige abgerissene Etiketten, wertlose Funkkennzeichen in den Ecken der Garderobe und ein paar fette Spermaspritzer an der Wand, am Vorhang oder am großen Spiegel in der Umkleidekabine.

Jetzt fühlt sich die Meise mit ihrer ganzen Unternehmung verständlicherweise wieder einmal völlig alleingelassen, denn niemand steht ihr zur Seite, niemand stützt sie, niemand sagt ihr, was zu tun wäre oder allenfalls gemacht werden könnte, kurz, niemand hilft ihr, denn es ist ganz grundsätzlich keinerlei Hilfe zu erwarten, von keiner Seite und von niemandem, niemals, selbst entgegen allfälliger Versprechungen und Beteuerungen seitens einer großsprecherischen Katzenwelt.

*

Die Meise: